CARLO ANTICO

HEY HEY CLUB

EDITORA
Labrador

Copyright © 2021 de Carlo Antico
Todos os direitos desta edição reservados à Editora Labrador.

Coordenação editorial
Pamela Oliveira

Preparação de texto
Denise Morgado Sagiorato

Assistência editorial
Larissa Robbi Ribeiro

Revisão
Marília Courbassier Paris

Projeto gráfico, diagramação e capa
Amanda Chagas

Imagens da capa
Marco Tulio Riccioppo
e Marco Antonio Riccioppo

Dados Internacionais de Catalogação na Publicação (CIP)
Jéssica de Oliveira Molinari - CRB-8/9852

Antico, Carlo
  Hey Hey Club / Carlo Antico. — São Paulo : Labrador, 2021.
  192 p.

ISBN 978-65-5625-185-1

1. Contos brasileiros I. Título

21-3920   CDD B869.8

Índice para catálogo sistemático:
1. Contos brasileiros

Editora Labrador
Diretor editorial: Daniel Pinsky
Rua Dr. José Elias, 520 — Alto da Lapa
05083-030 — São Paulo/SP
+55 (11) 3641-7446
contato@editoralabrador.com.br
www.editoralabrador.com.br
facebook.com/editoralabrador
instagram.com/editoralabrador

A reprodução de qualquer parte desta obra é ilegal e configura uma apropriação indevida dos direitos intelectuais e patrimoniais do autor. A Editora não é responsável pelo conteúdo deste livro.
Esta é uma obra de ficção. Qualquer semelhança com nomes, pessoas, fatos ou situações da vida real será mera coincidência.

"Sou um poeta fracassado. Talvez todo romancista queira primeiro escrever poemas, descobre que não consegue e daí tenta o conto, que é o formato que mais exige esforço, depois da poesia. E, fracassando nisso, só daí ele encara escrever um romance."

William Faulkner

Este livro é dedicado aos meus amigos Diógenes Santos, Paulo Américo, Paulo César Cunha e João Costa, e aos meus heróis Neil Peart, Edward Van Halen e Jim Steinman, perdidos neste insano biênio 2020-2021, mas que com certeza foram para um lugar melhor.

SUMÁRIO

NOTA DO AUTOR — 7
A PRIMEIRA-DAMA — 13
NAVE À DERIVA NO ESPAÇO — 40
QUEM É GEORGE MARTIN? — 52
O ÔNIBUS — 68
ISQUEIROS, GUARDA-CHUVAS, TAMPAS DE CANETA E PALHETAS — 70
POR… — 72
VARIAÇÕES — 74
CARAS MORTOS — 76
LUA COMO CADEIRA DE BALANÇO — 77
DANCE COM O DESEJO — 79
POR AMOR AOS LIVROS — 81
A BRUXA ANÃ: UM CONTO DE FADAS — 83
HEY HEY CLUB: A HISTÓRIA DE "BIG COUSIN" JAMES E CHUCK STUMP — 126
O CAVALEIRO VALOROSO — 142
UMA HISTÓRIA DOS TEMPOS DE GUERRA — 176
AGRADECIMENTOS — 188

NOTA DO AUTOR

O processo criativo é algo realmente muito particular e intrigante. Escrevi meu livro anterior, *Cinco máscaras*, originalmente em inglês porque minha estreia (*Straight and Lethal*) havia sido assim, em um esquema de autopublicação nos Estados Unidos, e tinha dado certo. Para o livro seguinte, tentei o esquema convencional, mas como não consegui um contrato com uma editora ou mesmo um agente, resolvi traduzir e lançar por aqui. Tudo correu muito bem. Logo, decidi começar a escrever o novo trabalho direto em português.

O que eu não poderia imaginar é que simplesmente não sairia. Tudo o que eu tentava colocar no papel era uma "porcaria". Foi quando me dei conta de que não consigo criar em português. Sim, soa pedante, eu sei, mas, no final das contas, se tornou parte do meu modo de criar. Um texto "técnico", como uma resenha (de show, disco, filme, livro), um relato de viagem, um release para uma banda ou esta nota aqui, por exemplo, escrevo sem o menor problema. Ficção, no entanto, não adianta forçar que não sai. Por isso, todos os contos e poemas contidos neste livro foram escritos originalmente em inglês, e é hora de falarmos deles.

Muito provavelmente, "A primeira-dama" terá uma característica que jamais se repetirá até que eu pare de escrever: nasceu de um sonho. Um dia, acordei com a história da primeira-dama de uma cidade pequena atormentada pelo preconceito contra seu marido. Daí em diante, foi apenas uma questão de pensar nos locais e nas personagens. A cidade de Jilliard River é fictícia, bem como tudo o que está nela. A banda Pacific Gas & Electric, o álbum *Are You Ready?* e o sequestro do guitarrista por um culto são informações reais. A menção à personagem de Stephen King é absolutamente proposital, uma discreta homenagem.

"Nave à deriva no espaço" foi uma experiência em escrever algo de ficção científica, com inspiração na minha musa principal: a música. Mais especificamente o épico dividido em dois álbuns, *Cygnus X-1*, do Rush. A letra é bem complexa, com várias referências à mitologia grega, entre outras coisas, mas a premissa básica é a de uma nave que é sugada por um buraco negro. Tendo essa inspiração inicial, só precisei de um pouco de imaginação para criar o conto. A descrição física da personagem Guardião da História é muito semelhante à do homem que aparece na capa do álbum *Hemispheres* (no qual se encontra a parte dois de *Cygnus X-1*), e isso não é mera coincidência: pensei em fazê-lo como um tributo — o que se encaixou muito bem, uma vez que, pouco mais de dois anos após eu escrever a história, o baterista e letrista do Rush e um dos maiores ídolos que tenho na vida, Neil Peart, faleceu. Acabou se tornando uma homenagem.

Considero "Quem é George Martin?" e "Hey Hey Club" contos, digamos, primos. Explico: a estrutura é absolutamente idêntica em ambos, na tentativa de contar a história quase exclusivamente por meio de diálogos, sem narração. É uma ideia tirada (com perdão da pretensão absurda) de uma história que me impactou muito quando li, ainda no curso de Tradução e Interpretação da Associação Alumini, justamente pela forma como foi escrita, "Os matadores" (*The Killlers*, em inglês), de Ernest Hemingway — escritor este que é um dos meus favoritos, muito mais pelos contos do que pelos romances. Logo depois da leitura, aquele formato de texto, muito parecido com um roteiro de filme, ficou grudado na minha memória, esperando o momento de ser usado.

Foi quando me lembrei de uma amiga, jornalista, que gostava de rock (ou dizia gostar) e uma vez me disse que não sabia quem era George Martin. Fui diplomático e na hora expliquei a ela, mas aquilo me incomodou tanto que nunca mais esqueci a frase. Daí veio a ideia: e se a pessoa que não soubesse quem era George Martin, por acaso, fosse a editora de um jornal? O que poderia sair disso? O potencial para muitos diálogos era claro, hora de usar a estrutura de "Os matadores". A cidade de Arthur e o pequeno jornal, *Arthur Graphic-Clarion*, são reais e localizados nos arredores de Chicago.

No caso de "Hey Hey Club" houve uma conjunção de fatores. Mesmo depois de ter escrito "Quem é George Martin?", achava que aquele tipo de estrutura ainda tinha espaço para outra história completamente diferente. Só faltava saber o que seria. Certa noite, enquanto assistia a um jogo de futebol do Atlético-GO pela Série B do Campeonato Brasileiro de 2015 (sim, eu assisto a esse tipo de coisa), o repórter anunciou uma substituição: "Vai entrar Thiago Primão". Na mesma hora, traduzi o nome dele para o inglês na minha cabeça. "Big Cousin James. Nossa, parece nome de cantor de blues", pensei. Guardei isso na mente.

Desde que fui a Kansas City, pude ver a fachada do Hey Hey Club e, mais tarde, aprender sobre sua história e tudo que o envolvia, além de ter assistido ao ótimo filme *Kansas City*, de Robert Altman, que se passa ali. Então, achei que daria uma boa história. Quando me lembrei do nome do jogador, foi só uma questão de achar um amigo para ele e dar uma adaptada. Caberiam muito melhor no contexto dois músicos de jazz do que de blues. De quebra, ainda resvalei em uma das lendas mais legais de todas as Américas, a da Fonte da Juventude.

O bar de esportes no lobby do Hyatt, o Buffalo Wild Wings, em Mission Valley, e o Coaster são todos reais, assim como a deliciosa cidadezinha de Carlsbad, o antiquário e o hotel La Quinta Inn. Kansas City é, sim, conhecida por suas fontes e existe um antiquário de coisas esquisitas na cidade, bem com a estátua de Charlie Parker e a fachada do Hey Hey Club original, que permanece intacta. O jornal *The Southernmost Ark* é produto da minha imaginação, embora a cidade de Junction City exista.

O que nos traz ao intervalo. Isso foi apenas uma tentativa de fazer algo para diferenciar o livro de qualquer outro de contos. As duas crônicas já estavam presentes juntamente a outras, em inglês, quando eu tinha o meu blog. Escolhi as que pensei se encaixarem melhor aqui. Apenas sobre "Isqueiros, guarda-chuvas, tampas de caneta e palhetas" cabe a observação: nele há muito de um escritor americano dos anos 1930 e

1940 de que gosto muito, chamado James Thurber. Vários de seus livros foram adaptados para o cinema, mais recentemente *A vida secreta de Walter Mitty*, em 2013.

Sobre os poemas, logo de saída quero deixar uma coisa muito clara: não sou poeta, nem tenho a menor pretensão de ser. Mas, especialmente pelo fato de não tocar um instrumento, mas gostar bastante de música, sempre foquei muito as letras. E é assim que encaro as poesias que estão aqui. Na minha cabeça, são quase como letras de música, mas sem a preocupação de serem acompanhadas de melodia.

"Por…" e "Variações", por exemplo, vieram da tentativa de fazer algo no estilo de um dos meus compositores e letristas preferidos, Jim Steinman. Mais conhecido pelo megassucesso pop "Total Eclipse of the Heart", imortalizado por Bonnie Tyler, Jim, sozinho, levou Meat Loaf ao estrelato, quando compôs para o vocalista o álbum *Bat out of Hell*, que vendeu, até hoje, a bagatela de 50 milhões de cópias no mundo todo, tornando-se o terceiro disco mais vendido da história da música. As sequências *Bat out of Hell II, III e IV*, apesar de ótimas, não chegaram nem perto desse número. Meus poemas aqui foram inspirados nas letras de "Bad for Good", da parte três, e "For Crying out Loud", da parte um.

"Caras mortos" foi uma ideia que me ocorreu da maneira mais prosaica possível: depois das mortes de Lemmy e David Bowie, reparei na quantidade de pôsteres no meu quarto de gente que já morreu: Freddie Mercury, Phil Lynott, Cliff Burton, John Bonham, John Lennon, John Lord, Ronnie James Dio…

"Lua como cadeira de balanço" é inspirado na capa de um álbum da banda americana L.A. Guns, chamado *Man in the Moon*. Até aí, nada de mais. A questão é que eu achei que o desenho da capa era um homem, com uma cadeira de balanço na lua, quando na verdade não há nada disso. Há apenas uma mulher deitada ali. Devo ter olhado de relance, imaginado que vi uma coisa e nunca fui tirar a dúvida. Pelo menos foi produtivo!

"Dance com o desejo" veio dos dois primeiros versos do refrão da música "Dance and Desire", da banda finlandesa The 69 Eyes: "When the whole world is on fire / Dance and desire" ("Quando o mundo está pegando fogo / Dance e deseje"). Como a melodia grudou na minha cabeça, achei que dava para fazer algo com o segundo verso. Só precisei mudar um pouquinho para adaptar à minha intenção. Aproveitando que a banda é gótica, achei legal usar o maior número possível de imagens do estilo: vela, sangue, catedral, cemitério etc.

"Por amor aos livros" foi o poema que mais me deu prazer em escrever. Empolgado pela música (mais uma vez, ela) "For the Love of Metal" ("Por amor ao metal") do álbum homônimo de Dee Snider, me diverti muito lembrando os livros e personagens que me marcaram e colocando isso na poesia. Qualquer dúvida a respeito de quem são as personagens citadas, uma rápida busca no Google resolve.

Diz a lenda que uma das inspirações de Bram Stoker ao escrever *Drácula* foi seu chefe, quando o autor trabalhou como advogado em Dublin, na Irlanda. Segundo a história, Stoker sentia que o chefe o fazia trabalhar tanto que parecia sugar seu sangue. Inspirado por uma viagem ao leste europeu, teria tido contato com o folclore local, que envolvia vampiros, e daí nasceu o grande clássico.

Não posso afirmar que isso é 100% verdade, mas achei muito legal e, de modo semelhante, nasceu "A bruxa anã". Com uma diferença: nem sempre são os chefes o problema. Vez ou outra, quem atrapalha a harmonia de uma empresa é um funcionário que só pensa em si e é arrogante. Não vou entrar em mais detalhes para preservar os culpados e inocentes da inspiração por trás do conto. No entanto, apenas a título de maior esclarecimento, "Leech", em inglês, significa "sanguessuga". O que torna "Leechy" algo como "sanguessuguinha".

A ideia de "O cavaleiro valoroso" veio, que surpresa, de uma música. Mais especificamente dos versos de "Chemical Wedding", de Bruce Dickinson: "Walking on the foggy shore / Watch the waves come rolling home / Through the veil of pale moonlight" ("Andando pela enseada enevoada / Observe as ondas quebrando na margem / Pelo véu pálido da luz da lua"). Depois da primeira frase, foi só uma questão de usar a imaginação.

Analisando os contos agora que escrevo esta nota, percebo que, sem querer, acabei fazendo um tributo a alguns dos meus ídolos: Hemingway, Neil Peart, Jim Steinman, James Thurber, Dee Snider, entre outros. Não era a intenção primeira, aconteceu naturalmente e é algo que me deixa muito feliz.

Depois da minha quarta visita ao maravilhoso Museu Oficial da Segunda Guerra Mundial, em Nova Orleans, dessa vez para conferir a nova ala do local, especializada unicamente na campanha do Pacífico, tive a ideia de escrever "Uma história dos tempos de guerra". Inicialmente, imaginei o enredo se passando em um front mesmo, mas acabei optando pelo avô contando ao neto, por achar mais original. Todas as informações do conto são reais e verificadas, com pesquisas on-line e em um delicioso livro chamado *Best Little Stories from World War II* ("As melhores pequenas histórias da Segunda Guerra Mundial", em tradução livre), de 2010, do autor C. Brian Kelly — infelizmente nunca lançado em português. No entanto, após ler e reler o conto, achei que não ficou tão legal quanto os outros e estava determinado a tirá-lo do livro. Mas tenho carinho por todas as minhas histórias e, no fim das contas, resolvi deixar e esperar que os leitores e leitoras tirem sua própria conclusão.

A PRIMEIRA-DAMA

Era uma bonita manhã de outono na pequena cidade de Jilliard River. A estátua de bronze de Romeo Jilliard, na frente do gabinete do prefeito (Jillliard era muito pequena para chamar o prédio de prefeitura), cintilava sob os raios do sol. Nela, Romeo era retratado como um aventureiro, com um chapéu de cowboy, uma espingarda calibre 12 e cinturões de bala envoltos em sua cintura e torso. A imagem também estava no brasão da bandeira da cidade, impressa em várias camisetas, e era vendida em miniatura na única loja de *souvernirs* que havia. Atrás da "miniprefeitura" estava o rio Jilliard, apesar de ser mais correto chamá-lo de córrego. De acordo com a lenda, quando Romeo apareceu no local pela primeira vez, quatrocentos anos antes, ele não conseguiu medir exatamente quão grande era aquele curso de água. Logo, presumiu que tivesse um tamanho normal e nomeou-o com seu sobrenome, assim como o pequeno povoado que acabaria se tornando uma cidadezinha.

Durante anos, Jilliard conseguiu manter-se pitoresca e pequena graças à sua localização. Só era possível chegar lá por meio de estradas secundárias acidentadas, e não era possível vê-la das pistas principais.

A maioria da população era de descendentes diretos daqueles que chegaram apenas poucos meses (em alguns casos anos) após Romeo ter se fixado ali. Em sua maioria, andarilhos, fugitivos da lei, mulheres acusadas de bruxaria, casais fugindo de pais que não aceitavam seu casamento e alguns índios pacíficos e amigáveis.

Agora, Jilliard tinha um prefeito recém-eleito. Seu nome era Mark Axenroot e seus parentes eram dos pouquíssimos que chegaram da

Alemanha à cidadezinha em meados dos anos 1950. O fato de ele não ser de uma das famílias tradicionais da cidade levantou mais do que algumas suspeitas quando foi eleito. No entanto, a primeira-dama era de uma linhagem respeitada. Chamava-se Wynona McAxell e seus antepassados vieram da Escócia bem no início do século XVII. As descendentes femininas da família enquadravam-se na categoria de perseguidas por bruxaria em outras regiões e foram essas que chegaram a Jilliard em novembro de 1692.

Quando adolescente, a esposa de Mark era uma das garotas mais lindas de Jilliard. Era ruiva de cabelos lisos, olhos amendoados que não eram nem azuis nem verdes, mas um tom entre os dois, e em seu rosto haviam sardas que lhe conferiam muito charme. Seu pai, o doutor Ian McAxell, era o único cirurgião plástico local, mas também trabalhava nas cidades próximas, o que lhe rendia muito dinheiro. Assim, viviam em uma linda mansão com uma enorme piscina. Cercando a área, nos arredores do casarão, havia árvores altas e frondosas, que podiam facilmente ser escaladas. Por isso, no verão, não eram poucos os garotos que subiam nelas para espiar Wynona nadando. Os relatos eram de que seu corpo era tão notável quanto seu rosto. É claro que ela sabia que era observada pelos garotos, e aceitava de bom grado.

Agora, estava mais velha, casada havia quatro anos, ainda sem filhos e tinha claramente perdido um pouco de sua beleza. Mas os meninos da cidade (todos eles também mais velhos) orgulhavam-se de dizer que já tinham visto a atual primeira-dama nadar de fio dental enquanto ainda tinha o corpo em boa forma.

Naquela bela manhã de fim de outubro, Wynona estava no gabinete de seu marido discutindo com ele um problema no sistema de aquecimento central da casa deles. O prefeito Mark não tinha tempo para aquele tipo de coisa, então começou a perder a paciência.

— Querida, não posso pensar nisso. Há questões mais urgentes que preocupam a população para serem resolvidas. Ao chegar em casa, prometo olhar isso com calma.

— O.k., mas tenho medo do que pode acontecer no inverno. Podemos morrer de frio.

— Não se preocupe, provavelmente não é nada.

Só havia um prédio residencial em Jilliard River. Ficava em um local agradável, cercado por árvores frutíferas. Tinha apenas seis pisos e doze apartamentos, mas os andares eram enormes, o que tornava as moradias bem espaçosas. No último, vivia um casal de gentileza ímpar: Rhonda e Corey Shaughnessy. Ela, uma bela loira com atraentes olhos azuis que trabalhou como hostess no único restaurante italiano da cidade, o Pascalino, quando era mais jovem, mas que agora estava mais do que feliz sendo dona de casa. Ele, um homem baixo, mas atlético, com cabelo castanho bem cortado e olhos de um tom similar, porém mais claros, dono de um sorriso terno. Trabalhava no único jornal da cidade, *The Jilliard Chronicle*, como editor da parte de cultura. Eram casados e felizes havia dez anos, mas não tinham filhos. Ambos eram grandes defensores da vida na cidadezinha. Não aguentavam quando alguém começava a dizer que viver ali era chato porque não havia nada para fazer nem vida noturna. Rhonda dizia com frequência uma frase: "É você que faz o lugar, não o lugar que faz você". Com isso, o que queria dizer era que dava para se divertir muito, mesmo em uma cidade pequena como aquela, só dependia de cada um. Assim, a casa dos Shaughnessy estava quase sempre cheia de gente para algum tipo de festa, reunião, jogo de cartas, qualquer coisa.

Um dos convidados mais frequentes por lá era Bruce Lillard, amigo próximo do casal. Seu irmão mais velho morrera no Iraque e o caçula havia começado faculdade de Ciências Sociais em Harvard. Bruce formara-se em Geografia na Boston College e voltou para casa para lecionar no colégio de Jilliard. Era adorado por seus alunos e gostava de assistir aos jogos de futebol americano do time da escola, o Jilliard Swashbucklers, nas noites de sexta-feira. Conheceu Rhonda e Corey na Rough Diamond Records, em uma tarde de sábado, havia dez anos.

A loja era um local especial porque, apesar de estar em uma cidade tão pequena, era conhecida em todo o país devido aos vinis raros que vendia. Sobrevivia basicamente de pedidos on-line — poucas pessoas fora de Jilliard conseguiam chegar à sede física — e de alguns clientes fiéis, como Rhonda, Corey e Bruce. Na tarde em que se conheceram, formaram um laço de amizade pelo amor incondicional ao blues inglês do fim dos anos 1960, soul, R&B e algo de rock progressivo. As personalidades se encaixaram perfeitamente e eles se tornaram melhores amigos.

Logo após a eleição do prefeito Axenroot, o casal fez uma festa no apartamento (não para comemorar nada, todos ali sequer deram-se ao trabalho de votar), e Bruce comentou com a anfitriã:

— Eu não votei, assim como sei que você e Corey também não votaram, mas adorei o resultado dessa eleição. Pelo menos porque agora posso falar para todo mundo que sou amigo da primeira-dama.

— Sério? — Rhonda parecia surpresa.

— Sério. Como sabe, minha mãe é advogada e acontece que ela e a mãe da Wynona foram colegas na faculdade de Direito em Providence. Depois do casamento, a mãe dela não precisou mais exercer a profissão. E meu pai, como você também sabe, é arquiteto e foi quem fez o projeto da mansão deles.

— Seu pai projetou aquela mansão? Uau! E por que você nunca nos contou isso?

— Não pensei que fosse assim tão importante, até a eleição. E tem mais: obviamente, já ouviu falar dos garotos que costumavam subir na árvore para ver Wynona nadando de fio dental, né?

— Já, esta cidade é pequena. Todo mundo sabe tudo sobre todos.

— Certo, eu era um desses. Logo, posso tranquilamente dizer que vi a atual primeira-dama de Jilliard nadando com um biquíni bem pequeno, quando ainda era uma delícia. Eu sei que, olhando para ela hoje, quase não dá para acreditar... mas era linda, com um corpo notável na época.

— Tem razão, é difícil imaginar isso olhando agora — disse Rhonda enquanto Corey colocava "1999" para tocar a todo volume no aparelho de som.

Quando Mark Axenroot chegou do trabalho, ele de fato sentiu a casa fria. Aliás, muito fria. Agora ele achava que devia ter prestado mais atenção no que sua esposa havia dito mais cedo. Deixou sua pasta no sofá da sala e chamou a companheira.

— Wynona! Wynona, cheguei. Tinha razão, o problema do aquecimento é sério. Pode descer, por favor?

— Não posso. Estou aqui em cima no quarto enrolada em vários cobertores. Está ainda mais frio aqui.

— O.k., vou subir então.

Subiu e realmente a temperatura parecia ainda mais baixa. Começou a esfregar as mãos nos braços para se aquecer e, quando chegou ao quarto, a esposa parecia alguém sofrendo de uma febre alta, com todas aquelas mantas.

— Não falei para você sobre o aquecimento central? Olha só o que aconteceu!

— Eu sei, eu sei, desculpe. Só não achei que fosse tão grave. Deixe-me pegar uma blusa e um casaco mais pesado e vou lá embaixo verificar.

Tendo dito isso, o prefeito Mark colocou um moletom do Nebraska Cornhuskers (a universidade que frequentara), uma jaqueta com isolamento térmico da North Face e foi até o porão checar o problema.

Chegou à porta, abriu-a e, assim que entrou, mesmo antes de ligar o interruptor, uma rajada de vento congelante lhe deu as boas-vindas. Foi como ser atingido por um raio do Senhor Frio, aquele inimigo do Batman. Acendeu a luz e desceu.

Ao fim da escada, o que viu o chocou como poucas coisas em sua vida. O aquecedor estava completamente destruído, como se alguém o houvesse fatiado com um machado. Os canos também tinham um rasgo, como se uma bomba tivesse explodido dentro deles. Isso não era apenas um problema técnico, era uma sabotagem. Alguém havia entrado ali e arruinado a aparelhagem que aquecia a casa do prefeito.

Subiu as escadas de volta correndo, saiu da casa, foi para o jardim da frente e chamou o chefe dos seguranças.

— Entraram no porão e despedaçaram nosso sistema de aquecimento central. Como isso pode ter acontecido? — sua indignação era completa.

— Senhor, me desculpe, mas não acho que seja possível. Posso lhe garantir que ninguém entra na casa sem ser notado. Teríamos visto.

— Está dizendo que estou mentindo?

— Não, senhor. Acho que a destruição pode ter ocorrido por alguma razão, mas acredito piamente que não foi a ação de alguém que invadiu o local.

— De qualquer maneira, acho que devemos chamar a polícia. Tenho convicção de que algo aconteceu naquele porão.

— Como quiser, senhor.

Enquanto o chefe de segurança, cujo nome era Thomas Allen, discava 9-1-1, o prefeito Mark voltou para dentro de casa e subiu até o seu quarto para contar à esposa o que havia visto. Wynona entrou em pânico.

— Que coisa horrível! Estamos vulneráveis em nosso próprio lar. Por sorte, quem quer que tenha feito isso não subiu para o resto da casa.

— É, por sorte... — e aí ele se deu conta de algo. "Quem diabos entraria na casa do prefeito apenas para quebrar seu sistema de aquecimento central e não roubaria o local? Alguém tentando mandar uma mensagem? Ou foi uma investida séria a fim de matar a mim e a minha esposa de frio, sem imaginar que simplesmente poderíamos chamar alguém para consertar o problema? Tem algo aqui que não se encaixa", pensou o senhor Axenroot.

— Vou descer de novo para falar com a polícia e pedir reforço, talvez requisitar um carro para ficar aqui no portão vinte e quatro horas por dia, sete dias por semana.

— Sim, querido, é uma boa ideia. E veja se conhecem alguém para consertar nosso aquecimento.

— Ah, sim, isso também!

O prefeito desceu e saiu para o jardim mais uma vez, onde se encontrou com o comissário de polícia Gerald Lee Harper, conhecido carinhosamente como G. L. Um homem bem acima do peso saudável, careca, com poucos cabelos totalmente brancos nas laterais da cabeça, um rosto gorducho e gracioso e óculos finos. Era fácil gostar dele na primeira vez que o visse, já que era bastante simpático.

— Senhor prefeito — ele cumprimentou Axenroot do modo mais educado possível.

— G. L., estou feliz que esteja aqui. Imagino que seus homens informaram você sobre o que aconteceu?

— Mais ou menos. Achei uma história esquisita. Poderia me contar de novo, por favor?

— Bem, na verdade, não há muito o que esclarecer. Hoje de manhã, Wynona foi até o meu gabinete e reclamou do sistema de aquecimento da casa. Disse a ela que verificaria assim que voltasse. Quando cheguei, estava mesmo muito mais frio do que o normal e desci para dar uma olhada. Quando olhei, o aparelho e os canos estavam totalmente destruídos, como que por um machado.

— E você acha que alguém entrou na sua casa só para quebrar uma coisa dessas?

— É aí que as coisas não se encaixam. Parece bastante improvável alguém fazer isso.

— E é mesmo. Leve-me ao local, vamos dar uma olhada em tudo.

O comissário Harper, Mark e outro policial entraram na casa e desceram as escadas para o porão. O frio era congelante, com certeza abaixo de zero.

G. L. começou a andar pelo local e verificou a minúscula janela do lado oposto, fechada com um cadeado enorme, sem sinais de arrombamento e com o vidro intacto. Passou suas mãos por toda a parede e finalmente ajoelhou-se perto do aparelho de aquecimento. Passou as mãos por todo o enorme dispositivo até chegar aos canos. Em seguida, levantou-se para olhar os buracos gigantescos. Finalmente, olhou para o prefeito e disse:

— Senhor, tenho novidades. Uma boa e uma ruim. A boa é que seu revestimento e toda sua segurança no porão são excelentes. Não acho que seja possível alguém invadir a casa por aqui, a não ser que seja um tipo de nova encarnação do Houdini. A ruim é que quem quer que tenha feito isso vive dentro da sua casa.

Mark Axenroot arregalou os olhos, que pareciam estar sendo empurrados para fora de seu rosto. Tentou falar, mas não saiu nada. Suas pernas bambearam e ele quase caiu, mas manteve o equilíbrio apoiando a mão na parede ao seu lado. Respirou bem fundo e conseguiu falar:

— Mas… mas… isso é impossível. Como assim? Somos somente eu, minha esposa e a empregada. Nem mesmo o chefe de segurança pode entrar, a não ser que eu ou Wynona abramos a porta. E a senhora que trabalha aqui veio da casa dos meus pais, está na minha família desde antes de eu nascer. Não pode ser ela. Minha esposa reclama do frio. Ela odeia tanto que não se sujeitaria a um sofrimento desses, destruindo o sistema de aquecimento só para me convencer a comprar outro. Será que estou lidando com algo sobrenatural? Meu Deus, que mistério!

— Senhor prefeito, não posso responder a essa pergunta. O que posso dizer é que ninguém entrou aqui vindo de fora. E isso é tudo por enquanto. Se encontrar algo de novo, alguma outra pista, sabe como me contatar.

— Sim, sim, muito obrigado — o prefeito estava tão confuso que só queria ficar sozinho e pensar numa explicação para aquilo por conta própria.

Subiu ao quarto e contou a novidade a Wynona.

— O que ele quer dizer com "de dentro"? Jesus Cristo, como é a polícia nessa cidade! Que bando de incompetentes! Enquanto isso, não só estamos congelando, como continuamos sob a ameaça de um perseguidor, assassino, ou seja lá o que for a pessoa que fez isso.

— Por agora, estamos mesmo congelando, mas podemos chamar um técnico amanhã para consertar. E, não, não estamos sob ameaça alguma, porque o comissário Harper reforçou a segurança ao redor da casa. Porém, acho que não estou nem perto de encontrar uma explicação razoável para o que aconteceu.

— Talvez seja alguém mandando uma mensagem. O povo ridículo desta cidade não consegue aceitar o fato de que você não é de uma das famílias originais daqui. Ainda o veem como alguém de fora e não suportam a ideia de que seja prefeito.

— Mas, mesmo assim, há maneiras mais assustadoras de mandar mensagens e há a questão de como entraram aqui.

— Você confia na nossa segurança a ponto de botar a mão no fogo por eles?

— Sim, eu confio. Pago até um dinheiro extra do meu próprio bolso para somar ao salário que recebem da cidade. Jamais fariam algo para nos machucar.

— Seja como for, não quero passar a noite aqui. Vamos para outro lugar, para o Romeo Inn. Dormiremos lá esta noite.

— Querida, tenho de trabalhar em algumas coisas e estão todas em pastas aqui. Não posso sair e passar a noite no Romeo.

— Tudo bem, chame o motorista e peça a ele para me deixar lá. Vou sozinha. Não vou ficar em casa.

O prefeito Axenroot suspirou, respirou fundo, coçou a cabeça e disse:

— Vá então. Eu não posso mesmo.

Ela se levantou da cama e começou a fazer as malas, enquanto o marido saiu de novo e chamou o motorista. Em questão de segundos, um Buick Encore encostou. O prefeito abriu a porta do carro e falou com o motorista, um negro chamado Deandre.

— Wynona não está se sentindo segura aqui. Você terá de levá-la ao Romeo.

Deandre levantou suas sobrancelhas e deu um sorriso que deixava implícito que sabia que o prefeito não tinha o que fazer naquela situação. A esposa desceu com uma mala bem grande para quem iria passar apenas algumas horas longe de casa, mas o marido e seu motorista não se importaram. Ela beijou Mark e, assim que o carro passou pelo portão, ele entrou para trabalhar.

Jilliard não é uma cidade pequena. É minúscula. Assim, no dia seguinte, todos já sabiam o que havia ocorrido na casa do prefeito recém-eleito, com alguns fatos novos. Na pequena redação do *Chronicle*, todos falavam sobre isso.

— Parece que alguém tentou matar o prefeito e sua esposa — disse a senhora que era responsável pelo café, bolachas e bebidas. Ela ficava atrás de um balcão improvisado no canto sul da sala. Era a "cantina" do jornal.

— Pois é, pelo que ouvi, o assassino estava escondido no porão e, quando percebeu que não conseguiria terminar o que foi fazer, destruiu o sistema de aquecimento, escapou e está à solta — completou a recepcionista, que atendia a média de um telefonema a cada dois dias, normalmente de pessoas reclamando do fato de o jornal ter sido arremessado num canteiro de flores, quando entregue.

Corey Shaughnessy estava em sua mesa ouvindo a conversa e, obviamente, não acreditou em nada. Sabia como as coisas funcionavam em Jilliard e tinha certeza de que havia um grande exagero em tudo o que era dito. No entanto, embora sendo um repórter da seção de entretenimento do jornal, o ar pitoresco da história chamou sua atenção. Só tinha certeza mesmo é de que o sistema de aquecimento central da casa do prefeito havia sido destruído. Tentativa de assassinato e criminoso à solta? Muito improvável.

Olhou por cima do computador e fez um aceno com a cabeça, chamando o repórter da seção geral.

— Rudolph, vá checar essa história do aquecimento central na casa do prefeito. Está tudo soando muito bizarro para mim. Sei que não é da minha conta falar para você quais matérias buscar, mas minha intuição diz que há algo aí.

— Não, não é da sua conta, mas, como de costume, não tenho nada melhor para fazer e estou de saco cheio, logo... vou dar uma olhada.

Saiu do jornal e, ao atravessar a rua, foi quase atropelado por dois carros de polícia passando a toda velocidade. Isso era algo tão raro quanto uma visita do presidente a Jilliard (Clinton foi até lá em 1997, mas apenas dessa vez). "O que diabos está acontecendo?", pensou Rudolph.

Andou na mesma direção dos carros e, após alguns minutos, se viu na frente do Romeo Inn, onde um pandemônio estava formado. Quatro policiais (que Rudolph imaginou serem dos carros que passaram por ele), todos os funcionários do hotel e mais algumas pessoas que passavam por ali se juntavam na entrada do hotel.

Reconheceu o Sr. Rambaudi, dono do único restaurante da cidade, aproximou-se e perguntou:

— O que aconteceu?

— Alguém destruiu a lanchonete inteira do hotel durante a noite. Todos entraram em pânico, porque parece que a primeira-dama dormia aqui.

— A primeira-dama? Por quê? Algo a ver com o que aconteceu na casa do prefeito ontem?

— Não tenho certeza, talvez.

Ele foi falar com um policial.

— A primeira-dama está aqui?

— Senhor, peço que se afaste — disse, já o empurrando. — Ela está saindo.

Rudolph viu a figura de Wynona usando um pesado sobretudo e um chapéu, passando por todos e entrando no carro da polícia. Assim que a porta se fechou, os dois carros saíram em disparada, em direção à casa do prefeito.

O repórter entrou no Inn para ver se conseguia obter mais informações. Foi até a recepção e uma garota que estava do lado de fora alguns minutos antes o cumprimentou.

— Posso ajudar?

— Sim, o que aconteceu? Por que a primeira-dama estava aqui? Por que saiu em um carro da polícia e não em um carro oficial da prefeitura?

— Não sei ao certo, mas, quando acordou e ficou sabendo da destruição na lanchonete, parece que pirou e quis voltar para casa. Começou a chorar e gritar: "Ele está atrás de mim, ele está atrás de mim!". Não conseguiu contato com seu motorista, então chamou a polícia e foi com eles.

— Quem está atrás dela?

— Só Deus sabe. Quando perguntamos, ela disse: "O cara da noite passada". E mais nada. Não conseguia dar mais detalhes, estava bem abalada. Você deve saber sobre o ataque à casa do prefeito. Essa era a principal razão de ela estar aqui.

— Sim, ouvi falar disso. Então, há realmente alguém atrás dos dirigentes da nossa cidade?

— Parece que sim, mas não houve sinal de arrombamento e nada aconteceu na recepção. Se alguém estivesse atrás da primeira-dama e soubesse que ela estava aqui, é razoável acreditar que iria buscar nos registros para ver em que quarto ela estava. Mas não, está tudo como estava até ontem à noite.

— O.k. Vou até a casa do prefeito ver se consigo descobrir mais alguma coisa.

Depois de uma caminhada de vinte minutos, Rudolph estava no portão da frente, onde foi recebido por um homem que apontou uma arma calibre 12 para o seu rosto.

— Opa, calma aí, amigão, sou jornalista — disse levantando suas mãos abertas, em um gesto que significava que não pretendia fazer mal algum. — Venho do Romeo Inn e só imaginei que poderia falar com a primeira-dama e ver se consigo mais informação sobre essa história.

— Não há nada disso e pode ir embora agora.

— Ela passou a noite em um hotel e saiu de lá em um carro de polícia. Isso merece investigação.

— Qual parte de "não há nada disso" você não entendeu? — disse o segurança, já colocando o dedo no gatilho.

— Tá bom, tá bom. Vou embora.

Rudolph virou as costas e voltou para o jornal. Assim que entrou, foi direto à mesa de Corey.

— Hey — disse o editor de cultura. — Aquela história que eu te contei tem mesmo algo que vale a pena?

— Sim, e acabou que é muito mais complexo e interessante do que você imaginava. Parece que um ladrão estilo Houdini entra nos lugares em que a primeira-dama está e destrói as coisas. Mas, olha só, ele nunca chega sequer perto dela. É absolutamente bizarro.

— O que você vai escrever?

— Essa é uma boa pergunta. Talvez nada até eu conseguir mais informações, o que será difícil, porque o segurança no portão da casa do prefeito acaba de apontar uma arma para mim.

— Sério? O cara sacou uma arma para você? Caramba, eles estão mesmo ficando paranoicos.

— Sim, estão. Quer dizer, os dois episódios são motivos suficientes para aumentar a segurança, mas não acho que haja alguém à solta tentando matar a primeira-dama. Acho que é outra coisa.

— Tipo o quê?

— Não faço a mínima ideia, mas nós devemos manter nossos olhos e ouvidos abertos em relação a essa história.

— Nós?

— Sim, nós. Pô, Corey, foi ideia sua. Não preciso de nada especial, só fique atento em relação a tudo pela cidade e me avise se descobrir algo.

— O.k. Para falar a verdade, consigo fazer melhor do que isso. Tenho mesmo um amigo com conexões na casa do prefeito. Posso falar com ele.

— Ótimo! Pode pedir a ele para conversar comigo também?

— Não, eu falo com ele e depois com você. E vou avisar que vou te contar. Se ele disser *não*, é *não*, certo? Não vou trair um bom amigo.

— O.k., o.k., tomara que ele não se importe.

―――

Corey voltou para casa naquele dia e obviamente Rhonda já sabia tudo sobre as últimas 48 horas (como todos os moradores). É claro que havia conversas sobre atividades sobrenaturais em Jilliard: demônios e outros seres estariam agindo contra a primeira-dama, punição das forças do mal porque seu marido havia flertado com magia negra antes de se mudar para lá, e todo tipo de fofoca de cidade pequena.

Rhonda e Corey não acreditavam em nada disso, mas estavam ambos intrigados sobre as destruições. O marido mencionou Bruce à esposa.

— Podíamos convidá-lo para vir aqui e perguntar se ele tem mais informações. Falo por causa das ligações que ele disse que tem com a família da primeira-dama.

— Corey, não vou usar um amigo para que você consiga um furo de reportagem. Não gosto disso.

— Nem eu, mas é só entre nós. Vou perguntar-lhe se posso utilizar a informação. Se ele disser não, é não.

— Certo, vou mandar uma mensagem para ele.

Rhonda mandou a seguinte mensagem para Bruce: "Querido, alguma chance de ter informações 'confidenciais' sobre tudo o que está acontecendo com a primeira-dama? Pode vir até aqui para tomar uma cerveja, comer uma pizza e nos contar?".

Bruce respondeu rapidamente: "Adoraria ir até aí, como sempre adoro, mas não sei se posso elucidar alguma coisa. Estou tão no escuro quanto qualquer um".

Ele chegou ao apartamento dos Shaughnessy no início da noite, com uma *six-pack* de Samuel Adams Lager e uma cópia em vinil do álbum *Are You Ready?*, do Pacific Gas & Electric, que havia comprado recentemente. Tocou a campainha e Corey o atendeu.

— Fala! Tudo bem?

— Estou bem. Trouxe este aqui para ser a trilha sonora. Já ouviu falar deles?

— Já. Cheguei até a ver algumas imagens no YouTube, mas não acreditei que fosse possível comprar cópias físicas em lojas. Achei que só desse por vendedores on-line, eBay e coisas assim.

— Pois é, eu também achava isso, portanto quando vi por seis dólares na Rough Diamond eu nem pestanejei. Você sabe do guitarrista, né? Tem uma história bizarra que envolve cultos religiosos e tal. Achei apropriado para nossa atual situação.

Entraram na sala de estar e Bruce foi cumprimentar Rhonda.

— Você acha que algum tipo de culto está envolvido em todos esses problemas onde quer que a primeira-dama esteja?

— Como eu respondi para Rhonda na mensagem, sei tanto quanto todo mundo. Já faz um tempo desde que minha mãe falou com a mãe da Wynona ou meu pai com o dela. Logo, não sei nada de novo.

No dia seguinte, Corey foi ao jornal e contou o que ouviu de seu amigo.

— Tem certeza de que ele não está escondendo nada? — perguntou Rudolph.

— Absoluta. Se soubesse de algo, teria me contado.

Nesse momento, sirenes foram ouvidas na rua. Todos correram para a porta do jornal para ver o que era. Os mesmos dois carros de polícia do outro dia iam em direção à residência de Axenroot.

Todos saíram da redação e foram naquela mesma direção. Quando chegaram, uma pequena multidão formada por quase todos da cidade, incluindo Bruce e seus pais, estava lá.

— O que foi agora? — Corey perguntou ao seu amigo.

— Não sei exatamente, mas, pelo que ouvi da minha mãe, agora fizeram picadinho de todas as flores na estufa deles. De novo, ninguém consegue entender como alguém entrou lá, não há sinal de entrada forçada.

— Estaria claro para mim que um dos empregados é culpado, não fosse pelo que aconteceu no hotel. Isso faz essa suspeita escoar pelo ralo — disse Rudolph.

— Bem, ela com certeza não foi ao hotel sozinha. Pelo menos o motorista e o pessoal da segurança sabiam que ela estava lá. Talvez eles tenham dado a dica a quem quer que seja da equipe que está fazendo isso — opinou Rhonda.

— É uma boa teoria — ponderou Corey. — Mas, se é alguém assim tão próximo do casal, poderia facilmente tê-la matado nas duas primeiras vezes ou matado ambos agora. Algo sobre isso não se encaixa, tem alguma coisa errada aqui.

O Buick do prefeito chegava em casa. Rudolph, sem nunca abandonar o repórter dentro de si, queria questioná-lo a respeito de tudo.

— Sr. prefeito, acha que alguém na cidade está tentando intimidá-lo? — ele gritou com seu rosto prensado à janela do banco de trás do carro.

O veículo passou pela pequena multidão e entrou na casa. Assim que isso aconteceu, os seguranças vieram até o portão da frente e começaram a gritar:

— O.k., vocês todos, não há nada para ver aqui, circulando, sigam com sua vida.

Rudolph e Corey voltaram ao jornal e Rhonda e Bruce retornavam para suas respectivas casas, quando ela perguntou:

— Olha, Bruce, por que você não aparece em casa hoje à noite de novo? Vamos jogar Scrabble, beber mais algumas cervejas e pedir comida chinesa. Corey disse que uma partida entre nós seria muito boa. Ele não consegue acreditar que nunca jogamos nós três.

— Parece ótimo, Rhonda. Vou com certeza.

E, com efeito, no início da noite, Bruce chegou à residência dos Shaugnhessy. Dessa vez, trouxe uma *six-pack* de Goose Island IPA, apesar de Rhonda ter insistido que não precisava levar a bebida novamente. Era uma noite de outono com calor incomum em Jilliard, e ele tinha certeza de que as cervejas seriam entornadas com rapidez durante o jogo.

Jogaram, beberam, comeram, escutaram Fleetwood Mac em vinil e ficaram chocados com a força e o poder da chuva que caía, com raios brilhantes e trovão barulhento. Uma tempestade daquelas derramava-se sobre Jilliard.

— Bruce, tem certeza de que não pode dormir aqui esta noite? Você não pode sair com um tempo desses!

— Obrigado, Rhonda, mas não posso. Não é que não possa exatamente ficar aqui, é mais porque tenho uma aula bem cedo amanhã e ainda preciso corrigir alguns trabalhos.

— O.k., então me deixa levar você para casa?

— Bem, isso eu agradeceria muito.

Rhonda gritou para Corey que estava levando o amigo embora e eles saíram. Quando estavam na Main Street, viram uma forma andando na tempestade, usando uma capa de chuva sem capuz, uma estola de pele, calça de moletom e sem sapatos. Estava claro que era uma mulher andando descalça. Mesmo com toda a chuva, Bruce, de dentro do carro, achou que a tinha reconhecido.

— Meu Deus, não pode ser...

— Temo que seja, sim. Vamos ajudá-la, tirá-la da chuva. Vou parar com o lado do passageiro para ela. Abaixe a janela e chame, talvez ela te reconheça.

Bruce, ainda um pouco titubeante, chamou-a.

— Wynona! Wynona, é você?

A mulher parou imediatamente, semicerrou os olhos, agarrou-se ao casaco e, com uma voz fraca e rouca, respondeu:

— Sim, quem é você?

— É o Bruce. Bruce Lillard. Você se lembra de mim?

— Meu Deus, Bruce. Há quanto tempo não o vejo. Como vai?

— Como eu vou? Bem, quer dizer... Por favor, me deixe tirar você desta chuva... O que você está fazendo andando no meio da tempestade? Onde estão seus guarda-costas? — Bruce dizia isso enquanto saía e a abraçava, colocando Wynona no banco de trás. Entrando no carro, disse:

— Essa é Rhonda, minha melhor amiga. Rhonda, essa é Wynona, a primeira-dama, que eu conheço desde que éramos crianças. Agora, "madame mulher do prefeito", você se importaria em nos contar por que está tentando pegar uma pneumonia?

— Melhor contrair pneumonia do que ser assassinada. Tenho certeza de que alguém vai entrar naquela casa e me matar, mas ninguém se importa. Onde estão me levando?

— Para minha casa — respondeu Rhonda. — Você vai tomar um banho quente, colocar umas roupas para se aquecer e beber um chocolate ou algo do gênero. — Era a primeira vez que Rhonda conversava com a primeira-dama na vida e não teve nenhum pudor em dizer-lhe o que fazer. Tinha uma personalidade forte e não gostava de ser contrariada por ninguém quando sabia que o que estava fazendo era o certo.

— Mas ficar por aí sozinha não te faz um alvo muito mais fácil para quem quer que esteja tentando matá-la? — Bruce perguntou, mesmo pensando que não era nem hora nem lugar para contrariar essa ideia de que alguém estava tentando matá-la, o que ele, pessoalmente, achava uma besteira completa.

— Não, porque tenho certeza de que há alguém na casa em um esconderijo que meus seguranças imbecis não conseguem encontrar. Devíamos chamar o FBI para investigar isso.

Rhonda olhou para Bruce com suas sobrancelhas levantadas em uma expressão que significava "Acho que ela pirou de vez".

Chegaram ao prédio. Enquanto subiam as escadas, Bruce mantinha a conversa viva.

— Mas por que nunca chegaram nem perto de seus aposentos? Ou nem tentaram ver em qual quarto você estava no hotel?

— Olha, você me trouxe aqui para me contrariar também? Estou cheia disso! Ultimamente até o Mark começou. Essas pessoas estão usando técnicas de terror, primeiro tentando esmigalhar minha saúde mental para depois destruir a mim, meu marido, minha família... — ela disse com olhos cheios de lágrimas e ódio.

— Então, você acha que há uma conspiração para acabar com tudo aquilo que é caro a você? — perguntou uma curiosa Rhonda, enquanto seguia para o quarto e pegava algumas roupas quentes para Wynona.

— Eu não acho, tenho certeza — respondeu um pouco irritada.

No corredor, indo escolher o que a mulher ensopada vestiria, a dona da casa colocou a cabeça dentro do escritório do marido (que ficava entre a sala e o dormitório do casal) e, depois de bater na porta, formou as palavras com sua boca, sem emitir qualquer som: "A primeira-dama está aqui". Ele pulou da cadeira.

— O quê? — disse em voz alta.

Ela colocou um dedo sobre os lábios e suspirou:

— Shhh! Espere eu passar aqui de volta e aí você vai à cozinha comigo e eu apresento vocês.

Corey não entendeu exatamente o que estava acontecendo, mas seguiu o conselho de sua esposa.

Rhonda voltou à cozinha com as roupas mais aconchegantes e o marido atrás dela.

— Sra. primeira-dama, este é meu marido, Corey, e aqui está sua troca de figurino. Pode colocá-las ali no banheiro, enquanto preparo um chocolate quente para você.

— Obrigada. Prazer, Corey — ela disse, tentando ser educada, e foi se trocar.

— Prazer, excelência — virou-se para Rhonda e Bruce. — O.k., o que diabos é isso?

Eles contaram a história sobre o encontro na tempestade. Bruce comentou em voz baixa:

— Ela não para de falar com certa veemência sobre uma trama para destruí-la e tudo ao seu redor. Rhonda e eu achamos que ela pirou por completo. Para ser honesto, eu não sei o que fazer. Não vai demorar muito até alguém notar que ela sumiu de casa.

— Aliás, como ela escapou sem alguém notar e ir imediatamente atrás dela? — perguntou um intrigado Corey.

— Eu não fugi da casa — ela os ouviu falando, porque já voltava com roupas quentes e secas. — Pedi ao motorista e a um dos seguranças que me levassem até a farmácia e lhes dei ordens exatas e claras para me deixarem entrar sozinha. Aí, fugi pela porta dos fundos. Quando vocês dois me encontraram, fazia três minutos desde que eu havia escapado.

— Mesmo assim, devemos fazer alguma coisa. A polícia provavelmente já está procurando você e, quando eles descobrirem que está aqui, com toda essa falação sobre alguém tentando matar, machucar, ou seja lá o que for, você e seu marido, seremos presos e acusados de sequestro e tentativa de assassinato — argumentou Rhonda um pouco desesperada, enquanto entregava a Wynona a caneca do Red Sox com chocolate quente.

— O que quer que façam, por favor, me deixem passar a noite aqui. Os perseguidores reais estão lá fora, só me esperando. Por favor, me deixem ficar aqui, por favor!

Corey não estava muito entusiasmado com a situação.

— Não sei se devemos fazer isso. Rhonda tem razão, podemos nos encrencar.

Bruce ficou em silêncio por um tempo, mas disse em seguida:

— Tenho uma ideia — pegou seu celular do bolso e digitou um número. Após dois toques, alguém atendeu.

— Mãe? Tudo bem? Estou na casa da Rhonda e do Corey e preciso de uma ajudinha sua e do papai.

— Aconteceu alguma coisa? Continue.

— Sim, mas estou ótimo. Porém, preciso perguntar uma coisa: sabe de algo sobre a Wynona ter sumido?

— Sei, sim, só se fala nisso nos jornais locais de TV, sites e mídias sociais. Por quê?

— Bem, ela está aqui.

Silêncio total por cinco segundos.

— Como assim está aí?

— Olha, eu conto tudo a você depois. O importante agora é que ela está aqui, e bem. Rhonda estava me levando para casa e nós a vimos andando no meio da tempestade. Falamos com ela e a trouxemos para cá. Não há problema nenhum, mas precisa fazer algo: ligue para os pais dela e peça a eles para não se preocuparem. Wynona quer passar a noite aqui. Amanhã de manhã provavelmente estará melhor e aí a levamos para casa. No momento, avise os pais e diga para acalmarem todo mundo, senão seu filho pode acabar na cadeia.

— Sim, sim, claro, agora mesmo. Eu ligo para eles. Tchau!

A mãe de Bruce estava claramente assustada, mas obviamente fez a ligação.

O nome da mãe de Wynona era Nancy. Ela estava prestes a engolir um frasco inteiro de tranquilizantes quando o telefone tocou.

— Alô?

— Nancy? Aqui quem fala é Dorothy Lillard, tudo bem?

— Dorothy? Oi... que ligação inesperada. Desculpe, não estou bem, como pode imaginar...

— Sim, eu sei, é por isso que estou ligando. Wynona está bem, eu sei o paradeiro dela. Está com Bruce, na casa de um amigo dele. Não se preocupe. Ligue para o Mark e diga a ele que tudo está bem. A única coisa é que ela quer passar a noite lá.

— O quê? Do que está falando? O que ela está fazendo lá? Vamos pegá-la agora mesmo! Meu Deus, que confusão!

— Nancy, por favor, não faça isso. Bruce não me deu nenhum detalhe, mas ela não quer ir para casa no momento. Confio em meu filho e sei que não há nada de errado. Você confia em uma velha amiga?

— Sim, sim, confio em você. O que me preocupa é o que está acontecendo com a minha filha. Ela tem tanta certeza de que está em perigo que eu não consigo mais dormir. Preciso de remédios para isso.

— Então, acabei de lhe dar boas-novas. Ela está segura onde está. Amanhã, você, seu marido e todos os preocupados com esse assunto poderão encontrá-la e descobrir o que está acontecendo. Por enquanto, fique calma e avise todos para que não pensem que meu filho e os amigos dele a sequestraram.

— Não se preocupe com isso. Vou ligar para todo mundo agora mesmo. Obrigada. E acho que devo agradecimentos ao Bruce e aos amigos dele também. Enfim, pelo menos por hoje estou certa de que ela está bem e isso já é o suficiente. Tchau, manteremos contato.

— Claro, pode me ligar sempre que quiser e me mantenha informada sobre tudo. Tchau.

Dorothy imediatamente ligou de volta para o filho.

— Pronto. Falei com a mãe dela e ela contará aos outros.

— Ótimo, vou avisar para o pessoal aqui. Ficarão aliviados. Posso garantir que ela está se sentindo melhor. Estamos relembrando os velhos tempos.

— Ela quer voltar para casa amanhã?

— Sim, pelo menos até agora, ela quer — Bruce saiu da cozinha para a sala de estar menor para continuar falando. — Mas é taxativa sobre a polícia local ligar para obter apoio estadual ou até federal em uma busca na propriedade deles. Não tem a menor dúvida de que alguém tem um esconderijo secreto dentro da casa e está tentando levá-la, e o marido também, à loucura para destruí-los.

— Bem, isso é algo que ela tem de discutir com aqueles que a cercam. Boa sorte a você durante o resto da noite. Até amanhã!

— Tchau, mãe.

Bruce desligou o telefone e voltou à cozinha.

— Seus pais e Mark já sabem que você está comigo e com meus amigos e quer passar a noite aqui. Tudo resolvido. E nós não seremos procurados por sequestro — ele concluiu, com um sorriso terno.

— Meu Deus! Se fossem atrás de vocês por me raptarem eu faria um escândalo tão grande que eles teriam de lhes pagar indenização por danos morais. Jamais permitiria. Obrigada a todos por isso. E o chocolate quente estava uma delícia. Tomara que eu durma bem.

— Está com sono? — Rhonda perguntou de modo gentil.

— Sim, estou, sim — ela disse, bocejando.

— Venha, vou improvisar uma cama na sala menor em frente à cozinha, tudo bem?

— Maravilhoso. Muito obrigada.

— Por sorte, temos alguns travesseiros extras e muitos cobertores.

Wynona apenas aquiesceu.

A dona da casa arrumou a cama e a primeira-dama entrou na pequena sala, deitou-se e, antes mesmo de Rhonda apagar a luz, imediatamente adormeceu.

Corey, sua esposa e Bruce ficaram na sala principal assistindo a filmes na Netflix até as três da manhã, quando Corey também foi dormir. Rhonda e Bruce decidiram jogar uma partida de Gin, antes de ela pensar em algum lugar para o amigo ficar. Ele desistira completamente da aula que teria de dar no dia seguinte. Ligaria para a escola dizendo que estava doente ou algo assim. E, dado o adiantado da hora, ele não pediria a Rhonda para tirar o carro da garagem e levá-lo para casa.

Bastante entretidos com o jogo, não ouviram a porta da sala menor se abrir e Wynona sair. Ela foi até a cozinha, abriu a porta embaixo da pia, pegou cinco pratos e jogou todos no chão. O barulho assustou Rhonda e Bruce, e inclusive Corey, que estava dormindo. Os três correram para a cozinha, onde Wynona agora tentava levantar a mesa de jantar para jogá-la com as pernas para cima no chão. O dono da casa correu até ela e a agarrou por trás, enquanto Rhonda e Buce tentavam segurar a mesa. A dona da casa gritou:

— O que está fazendo, sua vaca maluca?

Bruce notou os olhos dela. Estavam abertos, mas era como se olhassem para o nada. Tinha uma expressão vazia no rosto e nem de longe parecia a mesma pessoa. Corey levou-a para a sala de estar maior, imobilizando-a o mais forte possível, e colocou-a no sofá, segurando-a pelos ombros. Bruce tentou se manter calmo.

— Wynona, o que está fazendo?

Sem resposta.

— Wynona, Wynona, você me ouve?

Uma voz zombeteira saiu, absolutamente diferente da de Wynona:

— Meu nome não é Wynona. Meu nome é Faheezia.

Rhonda entrou na sala — enquanto a mulher que se denominava Faheezia falava — xingando a primeira-dama até sua quinta geração:

— Sua filha da puta, você quase destr... Opa! O que é isso? — ela ouvia a voz de Faheezia e via seu rosto contorcido.

— Eu odeio esta cidade! Todos aqui são malvados — sua jugular estava protuberante como uma cicatriz queloide no rosto de uma adolescente com sérios problemas de acne. — Vou destruir tudo no meu caminho até que este lugar seja obliterado da face da Terra!

De repente, do nada, ela abaixou a cabeça e caiu em sono profundo.

Os três amigos se entreolharam e não sabiam como reagir. Corey quebrou o silêncio.

— O que diabos foi isso? Tudo uma encenação? Ela estava possuída ou algo assim?

— Não sei o que foi, mas me assustou pra caramba — disse Bruce, sentando-se.

— Não acho que seja possessão. Acho que é um caso de dupla personalidade. Há essa outra mulher dentro dela, essa Farezia, Fareedia, ou algo do gênero. É como aquela personagem Odetta Holmes da série *Torre negra*, do Stephen King. Só que Odetta tinha tripla personalidade.

— Rhonda, seja razoável, você não pode estar falando sério — disse Corey, sendo cético.

— Tem uma explicação melhor?

— Não, não faço ideia do que aconteceu. A única coisa que sei é que é melhor colocá-la na cama e não dormirmos, no caso de a outra despertar e começar a destruir a casa.

— É esquisito, mas o que Rhonda disse faz algum sentido — concordou Bruce. — Também explicaria como o sistema de aquecimento da casa dela e o café do hotel foram destruídos sem sinais de arrombamento dos locais. E por que ninguém tentou abrir a porta do aposento na casa nem sequer descobrir em qual quarto ela estava no hotel. Foi tudo ela mesma. E Wynona está com medo, porque provavelmente não se lembra de nada e acha que há alguém atrás dela.

— Faz todo sentido para mim — disse Rhonda, sentindo-se vitoriosa.

— Enfim, vamos montar uma vigia até ela acordar. Rhonda, vá dormir um pouco. Ficarei aqui com Bruce. Depois de duas horas, Bruce vai dormir e você fica aqui comigo. Daí, eu acho que ela vai acordar.

— Por mim, tudo bem, mas tenho mais uma ideia — sugeriu Bruce. — Levem-na para o quarto e deixem a cozinha como está, com os pratos quebrados e tal. Esperamos a reação dela e contamos o que aconteceu. O que acham?

Ambos concordaram.

Depois de Rhonda e Bruce terem suas duas horas de sono, estavam todos na sala conversando, esperando ansiosos por Wynona acordar. E não demorou muito. A primeira-dama abriu a porta de seu quarto de hóspedes improvisado e imediatamente viu a cozinha em desordem. Ela gritou.

— Arghhhhhh!!! Vieram durante a noite, não estou segura em nenhum lugar! — correu para a sala. — Viram o que aconteceu? Viram? E mais uma vez ninguém ouviu nada! Eles são espertos! São astutos! Oh, meu Deus!

Com calma, Bruce foi até ela, deu-lhe um abraço e disse:

— Wynona, venha e sente-se conosco. Há algo que precisamos lhe contar.

A primeira-dama estava em pânico, tremendo, chorando e olhando para os três com bastante desconfiança. Bruce sentou-a no sofá e ajoelhou-se à sua frente, segurando seus braços com delicadeza. Olhou direto para dentro dos seus olhos e disse:

— Wynona, tudo o que viu na cozinha foi você que fez, durante a noite. Eu e Rhonda estávamos aqui e ouvimos barulho vindo de lá. Fomos ver o que era e lá estava a senhora, quebrando tudo.

Ela não conseguia falar. Com o que pareceu a eles um enorme esforço, pôde pronunciar uma única palavra:

— Quê?

Corey agarrou-a, sentou-a no sofá e, quando eu disse seu nome, sua resposta foi: "Meu nome não é Wynona. Eu sou Faheezia".

— D-d-d-desculpe, mas é difícil eu acreditar. Como eu não me lembro de nada?

— É isso que terá de descobrir. Parece que você possui dupla personalidade. Agora, nenhum de nós aqui é um especialista, mas nosso palpite é que, quando Faheezia assume o controle, é para supostamente você não se lembrar de nada. Mas é óbvio que precisa visitar um médico ou terapeuta.

— Eu disse alguma coisa enquanto eu era essa outra mulher?

— Sim. Disse que odeia esta cidade e seu povo e que irá destruir tudo para nos "obliterar da face da Terra" — contou-lhe Rhoda, rindo um pouco.

— Meu Deus! Eu tenho minhas reservas quanto às pessoas de Jilliard, mas isso é um absurdo. Me desculpem, não são meus verdadeiros pensamentos — estava claramente envergonhada.

— Não se preocupe, nós sabemos — Rhonda acalmou-a.

— Aliás, eu pago por tudo que eu, ela ou quem quer que seja quebrou. Mil desculpas.

— Obrigado. De verdade, fiquei muito chateado ontem, mas hoje, dado o que parece ser o caso, estou tranquilo. O importante agora é levarmos você para casa. Você precisa ser sincera sobre tudo — concluiu Corey.

— Pode ter certeza de que serei. Pelo amor de Deus, quando penso em toda a bagunça que criei pela cidade, querendo até chamar o FBI, fico com muita vergonha.

— Não foi culpa sua. Você tem um problema. Mas estou pensando... Por que apenas agora essa outra "identidade" apareceu com tanta força, violência e intensidade? — Bruce a consolava.

— Acho que foi o estresse de ser a primeira-dama e toda essa falação sobre Mark não ser de uma família tradicional daqui. Fiquei estressada e, lá no fundo, talvez quisesse mesmo destruir a cidade, da mesma maneira que todos às vezes sentem vontade de matar alguém, mas não chegam realmente a fazer isso, entende? Às vezes isso disparou o gatilho de algo em minha mente. Vamos ver. Provavelmente terei de ir a especialistas, talvez ir até Boston ou algo assim. Mas estou disposta a fazer tudo para que isso jamais se repita.

— Vamos, então, primeira-dama — Bruce ofereceu-lhe o braço.

Rhonda trouxe para ela as roupas molhadas da noite passada, agora secas, e os quatro pegaram o carro para ir até a casa do prefeito. Havia policiais armados no portão. Wynona abriu a porta do passageiro, saiu e foi até eles.

— Está tudo bem, esses são meus amigos. Vá lá chamar o prefeito e peça-lhe que me encontre aqui.

Em menos de um minuto, o prefeito Mark Axenroot estava à porta, onde abraçou e beijou Wynona como se não a visse há um ano.

— O que aconteceu? Sua mãe ligou e disse que você estava bem e com amigos, mas eu não consegui dormir. Você está bem mesmo?

— Sim, estou ótima. Agora vá ali fora e agradeça a todos.

O prefeito saiu e foi até o carro. Os três amigos saíram.

— Sr. prefeito! — gritou Bruce. — É bom vê-lo, senhor.

— Ótimo ver vocês todos. Obrigado por cuidarem dela. Podem me contar o que aconteceu?

— É melhor ela mesma contar — Rhonda respondeu educadamente.

— Há alguma coisa que eu possa fazer para retribuir o favor?

— Na verdade, há, sim. Wynona irá contar-lhe uma história e tanto, que ainda terá desdobramentos bem interessantes. Quando a poeira tiver baixado, será que você e Wynona dariam uma entrevista para o meu amigo Rudolph, do *Chronicle*, falando sobre tudo?

— Corey! — Rhonda tentou intervir.

— Só estou perguntando.

— Tudo bem — disse o prefeito. — Você sabe o conteúdo da história, não? Nada que comprometerá a mim ou a ela?

— Não, juro que não. Verá quando ela contar. Tenho tanta certeza disso que, no fim de tudo, poderá decidir por si mesmo se a história é comprometedora ou não. Se achar que é, não precisam dar a entrevista.

— O.k.

Dois meses depois, a capa do jornal *The Jilliard Chronicle* estampava em letras garrafais: "Dupla personalidade: prefeito e primeira-dama falam de como estão lidando com o problema".

NAVE À DERIVA NO ESPAÇO

Eles haviam perdido toda a comunicação com a Terra. Até onde sabiam, podiam estar perdidos para sempre e nunca mais voltar para a casa. O capitão Leo Dawson temia nunca beijar sua esposa ou embalar sua filha outra vez. Sua amada filha, Skylar, que deu o nome à nave na qual estavam agora. Quando ela era apenas um bebê, costumava balbuciar a palavra "antrigen". O capitão nunca soube exatamente o que significava, mas o nome ficou grudado em sua cabeça e ele quis batizar a nave para essa missão com a palavra.

A Antrigen começara a ser construída dez anos antes, em 2127, e, dizia-se, era a nave mais moderna já construída pelo homem. Funcionava à base de um combustível chamado matusalém, que recebera esse nome porque podia funcionar por mais de novecentos anos sem precisar de reabastecimento. Era a última palavra em combustível para espaçonaves. Tinha lugar para até trinta pessoas e uma cozinha totalmente equipada. Os dias em que viajantes no espaço tinham de comer aquela comida esquisita faziam parte do passado. Agora, dava até para fritar cheeseburgers dentro da espaçonave. Na verdade, parecia o transporte ideal, exceto por uma coisa: fios. Nunca se pode confiar em fios. Era século XXII e a humanidade não conseguia se livrar deles. E um problema de mau funcionamento em alguns, quando a espaçonave já estava a centenas de anos-luz da Terra, danificou o sistema de navegação e comunicação, e agora eles estavam à deriva no espaço.

Apesar de a perspectiva de não ver sua mulher e sua filha novamente deixar o capitão Dawson em pânico, ele tentou continuar calmo para não assustar o resto da tripulação. As outras vinte e nove pessoas a bordo confiavam em seus instintos e perícia para livrá-las de qualquer problema. E era importante para ele que as coisas continuassem assim. Convocou, então, seu primeiro oficial, melhor amigo e braço direito, o almirante Neil Brown.

— Neil, não quero deixar todo mundo em pânico, mas eu gostaria mesmo de saber onde diabos nós estamos. Já voamos sem rumo há umas duas horas e, por mais que eu tente, não consigo ter nenhum ponto de referência lá fora. Você tem alguma sugestão? Estou bem aberto a qualquer uma no momento.

— Estou tão perdido quanto você, Leo. Porém, acho que podemos olhar os mapas de constelações guardados lá no fundo da nave. Eles são antigos, ninguém os usa há mais de quarenta anos, mas quem sabe? Com certeza não vai piorar a situação.

— Você tem razão, mas a última vez que usei um desses mapas eu tinha 20 e poucos anos. Você terá de me ajudar muito.

— Será um prazer e não se preocupe: tenho certeza de que é como andar de bicicleta.

Leo e Neil foram para a parte de trás da nave e até as gavetas com as pastas antigas. Esses mapas haviam sido desenvolvidos no meio do século XXI como um grande avanço. Após anos e anos de exploração, todos os programas espaciais do mundo conseguiram mapear constelações de cento e cinquenta bilhões de galáxias diferentes. Eles estavam perdidos, mas tinham certeza de que ainda permaneciam em uma galáxia conhecida.

Abriram todos os mapas sobre uma mesa de aço escovado e, usando compassos, réguas e esquadros, tentaram encontrar alguma lógica onde estavam. Sentiram-se voltando cento e cinquenta anos no tempo, mas não tinha outro jeito.

— Vejamos — disse Leo. — Aqui está a Terra. Viajamos a nordeste de Vênus por catorze horas antes de tudo parar de funcionar. Aí mantivemos a rota, o que quer dizer que, levando em conta nossa velocidade, devemos estar aqui — ele colocou o dedo no mapa em um lugar chamado Galáxia Purson.

— Galáxia Purson? É melhor deixar isso entre nós. Você sabe o que é Purson, né?

— Sei, sim. É um dos reis do inferno, mas não acho que tenha ganhado esse nome por alguma razão maléfica. Talvez a pessoa que nomeou essa galáxia só queria algo que soasse legal. Enfim, de acordo com este mapa, estamos aqui, perto da constelação Evoken.

Neil foi até a janela e notou algo de estranho a noroeste. Cores que ele jamais havia visto iguais reluziam de uma formação estelar que lembrava um prisma. Havia tons diferentes de rosa, roxo, laranja, violeta, vermelho, azul e verde. Ficou hipnotizado e quase entrou em um estado de transe. Leo foi até ele e o puxou para longe da janela.

— O que foi? — perguntou.

— Não sei. É algo com essas cores... Senti como se estivesse sendo atraído em direção a elas. Obrigado por me puxar, estava prestes a esmagar minha cabeça no vidro.

— Que esquisito! Mas temos preocupações maiores agora. Tendo uma mínima ideia de onde estamos, o que sugere que façamos?

— Bem, de acordo com o mapa, se viajarmos duzentas milhas para o sul, poderemos avistar o quasar Aranha Chifruda e, se dermos a volta nele, provavelmente conseguiremos retornar à nossa rota original, chegando até ela por baixo.

— É, você deve estar certo. Além disso, eu não tenho uma ideia melhor. Entrarei em contato com os pilotos para lhes dizer que rota tomar.

Depois que Leo Dawson falou com os pilotos, a nave virou para a direita, depois para a esquerda e começou a ganhar velocidade. Podiam ver uma luz fraca no horizonte, que era supostamente o quasar Aranha Chifruda. Iam em direção a ele, quando a nave começou a balançar violentamente. Então, foi como se um aspirador de pó os puxasse para trás. A tripulação gritou, berrou e todos foram jogados ao chão. Quando ela ficou estável de novo, Neil olhou pela janela.

— Caralho, não acredito! Aquele prisma colorido esquisito de novo. Voltamos para onde estávamos.

— Parece que alguma força desconhecida está puxando a nave, e provavelmente vem daquele prisma. Você e eu não podemos resolver isso sozinhos, Neil. Vamos voltar para frente da nave e chamar todo mundo para uma reunião na sala de controle. Precisamos analisar isso com o maior número possível de pessoas.

Todos se reuniram na cabine principal com as faces carrancudas de tensão. Eles sabiam o que haviam acabado de passar e, agora, mais do que nunca, precisavam da experiência de seus comandantes para guiá-los em relação ao que fazer.

— Todo mundo ouça: estamos todos um pouco apreensivos sobre o que acabou de acontecer — o capitão Dawson começou a falar para sua tripulação. — Quero que saibam que isso é algo novo para nós e vamos encontrar nosso caminho de volta trabalhando juntos. A única coisa sobre a qual temos certeza é que, o que quer que esteja acontecendo, tem ligação com aquele prisma lá fora. Se vocês não viram ainda, eu sugiro que vejam, mas não fiquem olhando sem parar. Pode fazê-los querer ir atrás dele e vocês vão estraçalhar a cabeça no vidro. Vamos tentar usar todos os nossos aparelhos de teste a longa distância para vermos o que é aquela coisa, do que é feita e como podemos anular seu efeito na Antrigen. Mas, como eu disse, faremos isso juntos: cada um fazendo sua parte da melhor maneira. Agora, ao trabalho e boa sorte!

Toda a tripulação e ambos os oficiais voltaram imediatamente aos seus postos e começaram a colocar os aparelhos de teste a longa distância para trabalhar, para ver se conseguiam dizer algo sobre o prisma misterioso.

— Capitão — Oscar Sato, o cientista, a bordo chamou. — Já comecei a obter dados vindos do prisma. Parece uma mistura de poeira cósmica, ozônio, hélio e gases desconhecidos. Mas há indícios de algo sólido no núcleo. Ainda não consigo descobrir o que é, mas provavelmente é o que impede de nos livrarmos dele.

— Bom trabalho, Oscar. Continue procurando. Vejamos se nossa equipe técnica conseguiu religar nossos sistemas de navegação e comunicação. Vamos, Neil?

— Sim, agora mesmo.

Ambos entraram na sala de controle onde, no mínimo, dez pessoas trabalhavam apenas nos fios danificados que conectavam os sistemas de navegação.

— O que lhes parece, pessoal? — perguntou o almirante Neil.

Um dos tripulantes explicou:

— Nada bom. Bem ruim, para falar a verdade. Não só os danos foram enormes, mas levará semanas para consertar isso. As partes mais essenciais, frágeis e delicadas foram destruídas. Precisaremos de, pelo menos, uma semana para reconstruir e muitas outras para deixar funcionando como estava antes. É um trabalho com muitos detalhes. Meu conselho é que todo mundo comece a procurar uma forma de nos tirar daqui sem esses sistemas funcionando. Estamos fazendo nosso melhor, mas vai demandar tempo.

O capitão Leo Dawson fez uma careta. — Você está sugerindo que tentemos uma rota alternativa, baseada apenas no instinto, para nos levar para casa?

— Estou — o mecânico, que se chamava Alex, respondeu. — A não ser que você não veja problema em esperar aqui por semanas.

— Não, eu não quero fazer isso. Vamos checar com a equipe de navegação e ver o que podemos fazer. Obrigado de qualquer modo e continuem fazendo o que estão fazendo.

Neil e Leo voltaram para a parte de trás da nave para checar os mapas que haviam verificado algumas horas antes; agora existiam pelo menos cinco pessoas a mais para ajudá-los.

Os oficiais Lena Ciccote, Deborah Medsger, Frank Morall, John Farrow e Deandre Rose já se debruçavam sobre os mesmos mapas que o almirante e o capitão analisaram antes. Realmente, não era fácil encontrar uma maneira de evitar o prisma.

— O.k., pessoal, acabei de receber um aviso dos mecânicos: é essencial que achemos um modo de ir para casa passando por esse prisma, a não ser que queiramos continuar à deriva por semanas. Logo, esta nave e tripulação dependem de nós. Eu não me importo com o que vamos fazer, temos de achar uma saída. Neil e eu estamos aqui, vamos continuar o trabalho.

Lena Ciccote era loira, tinha olhos verdes penetrantes e ficava ótima naquele uniforme branco do Programa Espacial, mas não estava na equipe por causa de seu visual. Ela era inteligente e tinha uma primeira sugestão:

— Eu estava olhando essa constelação aqui — ela apontava para o mapa. — É a constelação Mirra. Se traçarmos uma rota ao sul dela, provavelmente estaremos o mais longe possível do prisma.

— É, eu concordo — disse Deandre. — De lá poderíamos seguir a nordeste da estrela Lindsay, em direção ao quasar do Rei Luís, passando pela Via Escarlate.

— Ambos têm certeza disso? — perguntou o capitão Leo.

— Sim, senhor — os dois responderam juntos.

— O.k., direi aos pilotos.

A Antrigen entrou em posição para fazer a manobra ao sul da constelação Mirra. Quando estavam prontos para ir, novamente sentiram o puxão, dessa vez ainda mais forte. Independentemente de quão forte os motores rugissem, a espaçonave estava sendo puxada para o centro do prisma. Todos a bordo temeram por suas vidas.

A nave parou. Os motores não faziam mais barulho. A tripulação estava espalhada pelo chão, mas ninguém parecia morto. Respiravam e se levantavam com esforço; alguns pareciam desmaiados, mas todos estavam com vida. E assim continuaram por duas horas.

Um após outro, todos foram acordando, e o que viram pela janela os deixou ainda mais intrigados. Era como uma tela gigantesca com imagens que se moviam e mostravam um lugar lindo, que eles jamais haviam visto antes. Seria o prisma um portal para outra dimensão? Seria um vórtice temporal mostrando imagens da Terra antes da civilização?

De repente, ouviram um coral de vozes angelicais, tranquilizadoras e celestialmente belas. Seriam anjos? Será que eles realmente existiam? A realidade é que ninguém jamais ouvira sons tão belos e a tripulação parecia hipnotizada por eles.

Mas, tão repentinamente quanto começou, o coral parou. A tela com imagens maravilhosas escureceu e agora mostrava imagens horrendas, de lugares devastados e pessoas mortas. O que ouviam soava como gritos de agonia e dor. O sofrimento parecia pingar das janelas e paredes de metais fundidos da nave.

Os motores começaram a funcionar e a Antrigen começou a se mover. Mas ninguém da equipe a controlava, era como se a nave tivesse vontade própria. Mergulhou e mergulhou em uma espiral que parecia não ter fim, até cair em algo sólido. Por sorte, todos da tripulação estavam bem e ninguém muito machucado, mas... onde eles estavam?

Tinham certeza de algo: onde quer que fossem, a atmosfera era idêntica à da Terra. Todas as janelas estavam destruídas e o ar que entrava não os estava envenenando; respiravam normalmente.

Decidiram sair da nave e explorar o que era aquilo em que eles haviam batido. O capitão Dawson e o almirante Brown convocaram a tripulação e ordenaram que os pilotos, mecânicos e três oficiais de patente menor ficassem na nave e tentassem consertar qualquer coisa que desse para ser consertada. Os outros iriam com eles.

Era escuro como breu do lado de fora, mas, além das armas, todos tinham uma lanterna na mão. Não havia sinal de ser vivo perto deles. O silêncio e a ausência total de qualquer movimento eram diferentes de tudo o que conheciam. O que poderia ser um lugar tão silencioso?

Andando na ponta dos pés com revólveres e lanternas na mão, a tripulação foi se distanciando da nave. O capitão Leo Dawson, como verdadeiro líder do grupo, ia sem medo à frente de todos. O chão era sólido e regular; era como andar por uma estrada. Acima, eles conseguiam ver algumas estrelas e o prisma colorido. Fora uma grande queda mesmo.

Era com certeza um tipo de dimensão diferente, "além do prisma". Depois de uma caminhada de meia hora em total escuridão e completo silêncio, viram uma luz tremulante à frente deles. Enquanto andavam em direção a ela, o brilho aumentava. Após mais alguns metros, todos desligaram as lanternas.

Como se o que tivessem visto até então não fosse esquisito o bastante, o que se seguiu elevou tanto o bizarro quanto o fantástico totalmente a outro nível. Haviam entrado em uma espécie de corredor com sequências de imagens que pareciam filmes de ambos os lados, exceto por se mostrarem em diferentes séries de vinte minutos que se repetiam.

Embora quase hipnotizados pelas imagens, ouviram passos em direção a eles, vindos do fim do corredor iluminado. Todos destravaram as armas e ficaram em posição para atirar. Mas a bizarrice parecia infinita, já que o que se aproximava deles era um homem baixinho — não tinha mais do que um metro e meio — usando um chapéu-coco, terno tweed, sapatos Oxford pretos e uma bengala. Tinha um rosto angelical, um bigode grosso e piedosos olhos verdes. Olhou-os com ternura e disse, com uma voz suave, gentil e um leve sotaque britânico:

— Boa noite. Bem-vindos!

— Bem-vindos *onde*? Que lugar é este? Quem diabos é você? O que você está fazendo aqui? — o capitão Dawson perguntou tudo de uma vez, sem abaixar a arma. Os demais também permaneciam prontos para atirar.

— Acalmem-se e abaixem suas armas. Todos vocês. Nada de mal acontecerá. Só estou eu aqui e, com o tempo, todas as perguntas serão respondidas.

Ainda relutantes, todos abaixaram as armas. A temperatura no estranhíssimo corredor era agradável. Na verdade, de um jeito esquisito, o ambiente era aconchegante.

— Muito bom — disse o homenzinho. — Vocês acabaram de entrar no Domínio da História, o lugar onde toda a história é guardada. Eu sou o Guardião da História e estou aqui para me certificar de que ninguém irá mexer com ela. Aqui tem sido minha casa desde... sempre.

É possível dizer que todos ficaram sem reação, mas isso seria um enorme eufemismo. O almirante Brown tentou esclarecer as coisas.

— Você se importaria de explicar um pouco mais? Tem de entender que estamos confusos. O que você quis dizer com... bem, tudo o que você acabou de nos contar. Não estamos entendendo.

— Certo, vamos começar do começo. Alguém de vocês acha mesmo que a História não pode ser revisitada? Não estou dizendo mudada, estou dizendo *revisitada*. Assistir exatamente ao que aconteceu, como se estivesse assistindo a um documentário de TV, não algo com base no que está escrito nos livros? Essas imagens que cercam vocês são a prova material de que isso é possível. E tem sido assim desde que o primeiro *Homo sapiens* andou pela Terra.

— Deixe-me ver se entendi — disse Frank Morall. — Você está dizendo que essas imagens ao nosso redor são fatos históricos reais acontecendo de novo, sem parar, como se em um *loop*?

— Exatamente — respondeu o baixinho. — Vejam por vocês mesmos. Olhem aquela primeira imagem: é a batalha de Salamina. A marinha ateniense destrói a frota persa. É seguida pelo assassinato de Júlio César, a crucificação de Cristo, a oficialização de Constantinopla, e assim por diante.

— Quão próximo de nossa era isso chega? — perguntou Lena.

— Bem próximo. Dá para ver a descoberta do matusalém e as expedições para todos os planetas do Sistema Solar.

— Como você veio parar aqui?

— Não faço ideia. Como eu disse, estou aqui desde sempre, com essas roupas e essa aparência. Tudo o que posso dizer é que tenho de ficar aqui e vigiar este lugar.

— Vigiar de quem? Alguém já veio aqui além de nós?

— Não, na verdade vocês são os primeiros seres humanos que vejo na minha vida, em carne e osso. Os outros que conheço são esses nas telas ao redor de vocês — ele disse enquanto JFK era morto, Pearl Harbor era atacado e Hiroshima e Nagasaki, bombardeadas pela enésima vez. — Mas, como eu disse, quem ou o que me gerou construiu um instinto interno de que devo vigiar esse lugar e nunca deixar ninguém mexer com a história que já aconteceu.

— Você está falando sobre viajantes do tempo? Isso não existe, posso garantir.

— Não, não existe, mas quem sabe? Estou aqui só para garantir.

— Mas você disse que está aqui desde sempre e nós ainda não conseguimos viajar no tempo nos dias de hoje, quanto mais centenas de anos atrás. Qual era seu trabalho naquela época? — perguntou Deandre.

— Evitar desvios inesperados em destinos predeterminados. Veja, não vou mostrar a vocês agora, mas eu poderia ter mudado o resultado de todos esses eventos que vocês veem. Eu não fiz isso, porque tudo o que aconteceu era para ter acontecido.

— O quê? Está nos dizendo que poderia ter evitado guerras, massacres, ataques terroristas e não fez nada? — o capitão Dawson ficou revoltado.

— Sim, porque, de acordo com a informação com a qual fui criado, essas coisas eram para ter acontecido. Foi o que eu quis dizer quando falei, no início, que estou aqui para evitar que as pessoas mexam com a História.

— Achei que você quisesse dizer que pessoas viriam aqui para tentar fazer isso.

— Bem, com o passar dos anos, eu me preparei para isso, achei mesmo que viajar no tempo fosse se tornar possível. E, se viajantes no tempo realmente existissem, seria obrigatório que passassem por aqui.

— E você poderia nos dizer exatamente o que é aqui?

— Vocês estão em um limbo tempo-Terra. O que quer dizer que estão em algum lugar entre o Paraíso, o Inferno e o continuum do tempo-espaço. Aqui não é mais hoje, mas também ainda não é amanhã. É algum lugar no meio. Ouviram sons angelicais e outros horríveis enquanto desciam?

Todos balançaram a cabeça positivamente.

— Pois é, os sons angelicais eram o Paraíso, os sons horríveis, o Inferno. Vocês caíram bem no meio.

— E por que isso aconteceu conosco?

— Seus fios com problemas, somados à total falha do sistema de navegação, devem ter conduzido vocês em direção ao prisma, porque ele tem mesmo a capacidade de atrair objetos vagantes. De novo, eu não sei por que isso ocorre, só sei que, se qualquer objeto, uma estrela cadente, um asteroide ou até pequenos satélites, passa próximo do prisma, ele o atrai e não há como escapar. Eu já vi acontecer muitas vezes, só que nunca com uma nave dirigida por seres humanos.

— Que azar absurdo! Aproveitando, há como sair deste limbo? — perguntou o capitão Dawson.

— Sim, se você conseguir consertar a nave, poderá voar através do prisma e pegar sua rota de volta para casa. Mas tem uma coisa: vocês devem me prometer que jamais voltarão aqui ou avisarão alguém que este lugar existe. Eu sei que o que aconteceu hoje tem uma chance em um bilhão de acontecer, por isso estou sendo gentil com vocês. Porém, se acontecer de novo, eu vou saber que foi proposital e agirei de acordo.

— O que quer dizer com "agir de acordo"?

— Matarei todos, sem pensar duas vezes.

Os viajantes se assustaram e o almirante Neil Brown ficou furioso.

— E o que faz você pensar que pode matar não apenas seres humanos, mas seres humanos treinados, com tamanha facilidade? Eles reagiriam e você não teria a menor chance! — disse isso levantando a arma novamente.

O homenzinho ergueu sua sobrancelha esquerda e disse calmamente:

— Abaixe a arma, almirante. O que faz você pensar que eu não posso matar quantas pessoas eu quiser se elas vierem até aqui? Sou o Guardião da História, eu posso controlar o destino do seu planeta. Não acha que posso matar pessoas facilmente?

O almirante recuou e abaixou a arma.

— Ótimo! Agora, tenho certeza de que sua equipe não conseguirá consertar a nave. Portanto, leve-me até eles e eu a conserto para vocês.

— O que você pode fazer? — o almirante mais uma vez desafiava o pequenino homem.

— Não subestime meus poderes, Sr. Brown. Apenas me leve até lá e verá.

A tripulação e o pequeno homem deixaram o corredor e foram até a nave. Quando chegaram, pilotos e mecânicos estavam sentados do lado de fora, cabisbaixos. Rapidamente se levantaram e um deles disse ao capitão Dawson:

— Sentimos muito, senhor, mas não conseguimos consertar. Receio que morreremos aqui.

O capitão Leo, com um tradicional gesto das mãos, pediu a ele que se acalmasse.

— Nosso amigo aqui irá nos ajudar.
— Quem é ele? O que ele faz aqui?
— Talvez seja melhor deixar as explicações para depois.

O Guardião da História ficou à frente da nave. Com um simples movimento de sua bengala, a fuselagem estava perfeita de novo. Os pilotos entraram na nave e o sistema de navegação funcionava, os fios estavam conectados. A Antrigen estava viva novamente!

Todos ficaram de queixo caído, perplexos, e depois pularam e vibraram sem parar, como garotos na escola, quando chegam as férias. Tanto o capitão Leo quanto o almirante Brown se aproximaram do baixinho.

— Obrigado, e perdoe minhas explosões — disse o almirante.
— Sem problema, foi um grande prazer.
— Só mais uma coisa — disse o capitão Leo. — Você não pode nos dizer o que o futuro reserva para a Terra, para que possamos evitar algumas armadilhas?
— Eu poderia, mas então vocês não sairiam daqui. Lembrem-se: o destino é preordenado e eu tenho de me certificar de que continue assim. É o meu trabalho.

Depois disso, eles se despediram. Todos os outros integrantes da tripulação agradeceram ao Guardião, embarcaram na nave e voltaram para casa.

QUEM É GEORGE MARTIN?

A redação estava animada. Os repórteres andavam pelos corredores enquanto a próxima reunião com um dos editores-chefes não começava. Era o início de uma manhã no verão de 1978.

— Eu preciso de boas ideias — gritou Lionel de sua sala.

— Estou pensando, estou pensando — um dos repórteres disse. — Você tem alguma ideia, Jim?

— Não, não tenho — disse Jim. — Não tenho ideias no momento.

Os telefones tocavam, dezenas de dedos digitavam nas baias. Os dois repórteres continuavam discutindo ideias. Dentro da sala de Lionel, Kyle estava tendo um ataque.

— Eu acho que vou para Bahamas nas minhas férias — o primeiro repórter disse.

— Por que você está falando isso agora? — o segundo jornalista perguntou.

— Porque estou cansado desta selva de pedra em que vivemos.

— Tudo bem, mas é também onde você ganha dinheiro — disse Lionel, saindo de sua sala enquanto Kyle continuava lá. — Então, pare de choramingar e me traga ideias para a próxima edição.

— Eu não gosto quando você nos pressiona — disse Jim.

— É o meu trabalho, afinal sou um dos editores deste jornal.

— Eu entendo, mas você deveria saber que cada pessoa responde à pressão de maneira diferente. Eu... não gosto.

— Você é um fresco! Não duraria dois dias em um jornal há alguns anos.

— Bem, os tempos mudaram, Lionel, e Jim está certo. Você deveria pegar leve conosco — disse o segundo repórter, que se chamava Ricky.

Ricky era a estrela entre os repórteres do jornal, mas nunca deixou isso subir à sua cabeça. Ele era radical em exigir que todos fossem tratados de modo justo.

— É, você não tem o direito de gritar conosco — disse Jim, contratado pouco tempo depois de Ricky, que tinha muito carinho por ele. Tinham grandes histórias para contar desde que começaram a trabalhar juntos, alguns anos antes.

— O que é isso? É um motim?

— Não, Lionel. Estamos apenas pedindo a você que seja mais paciente...

— O.k., eu vou tentar, mas, por favor, preciso de ideias.

— Já consigo imaginar as Bahamas e as praias ensolaradas — disse Jim. Ele usava uma camisa azul-clara, calças boca de sino e fumava, como de costume. Tinha cabelo castanho-claro e olhos verdes.

— Quando são suas férias? Você podia me dizer e aí peço as minhas na mesma época. Deveríamos ir às Bahamas juntos — disse Ricky. Ele estava sempre suando, bebendo uma lata de Coca. Usava óculos de lentes grossas e começava a ficar careca.

— Você tira férias em algum momento? — Jim perguntou, dirigindo-se ao editor.

— Estou muito ocupado para pensar nisso agora — disse Lionel.

— Então você é o único ser humano no planeta que nunca fica cansado e não precisa de um tempo longe do trabalho?

— Não te interessa!

— Você está muito estressado — disse Ricky. — Vai acabar tendo um infarto.

— Imbecil!

— Ele tem certa razão, Lionel — disse Jim.

— Eu sei do que estou falando — completou Ricky.

— Você faz exercícios? — Jim perguntou.

— Provavelmente, não. Ele está muito preocupado para pensar nisso — disse Ricky.

— Isso mesmo — completou Lionel.
— E você não se importa com a sua saúde? — Jim perguntou a Lionel.
— Não.
— Você é bem teimoso.
— Sim, eu sou — disse Lionel.
— E tem orgulho disso.
— Pode ter certeza de que tenho.
— Mas não deveria ter — disse Ricky. — Certo, Jim?
— Não deveria — disse Jim.
Nesse momento, ele viu Kyle saindo da sala de Lionel e perguntou a ele:
— Kyle, você faz exercícios?
— Raramente.
— Outro sedentário. Parece haver vários deles nesta redação — disse Jim.

Lionel estava desesperado. Ainda faltavam matérias para o caderno de entretenimento do jornal e seus repórteres discutiam a importância de ser fitness.
— Que tal algumas ideias? — ele perguntou a Jim.
— Estou tentando pensar em alguma coisa…
— É melhor se apressar, o fechamento é daqui a pouco.
— Pensaremos em algo — disse Ricky. Jim e ele estavam sentados cada um em sua baia. Lionel os observava.
— Aliás, você tem alguma ideia? — Ricky perguntou a Lionel.
— Nadinha.
— Você não pode nem nos dar um assunto sobre o qual gostaria que escrevêssemos? — perguntou Jim.
Lionel balançou a cabeça negativamente.
— Eu preciso dar uma volta para espairecer — disse Ricky. — Não consigo pensar direito.
— Não, você não precisa disso. Você precisa é de foco — disse Lionel.
— Mas às vezes dar uma volta lá fora pode ajudar a focar — disse Ricky.
— Acho que é uma boa ideia — disse Jim. Mas eles continuaram onde estavam.

— Que tal chamar o Kyle para vir conosco? — Jim perguntou a Ricky.

— Kyle, quer sair conosco para melhorar o foco também?

— Isso nunca funcionou muito para mim... — disse Kyle, um pouco titubeante.

— Se for conosco, nós garantimos que irá ajudar — Ricky afirmou. Kyle levantou-se para acompanhá-los.

— É sério que vocês vão sair com o fechamento se aproximando? — Lionel perguntou.

— Com certeza! — disse Ricky. — Quem está editando o caderno de entretenimento?

— Jamal.

— É muito trabalho para ele.

— Ele consegue fazer.

— Vou pedir a ele que venha conosco também.

— Você não vai fazer isso.

— Vou, sim.

— Quem vocês pensam que são?

— Somos dois repórteres importantes que estão cansados. E sabemos que alguns de nossos colegas estão cansados também — disse Jim. — Merecemos uma pequena pausa agora.

— Vá e chame o Jamal — Ricky apontou para Jim. — Lionel, você não precisa ficar bravo por causa disso. Nós vamos chamar o Jamal para vir conosco.

— Vocês vão acabar arruinando este jornal! — gritou Lionel, jogando as mãos para cima.

— Para de fazer tanto drama! Só vamos dar uma volta.

— Jamal — Jim disse em voz alta. — Venha aqui, por favor.

Jamal estava do outro lado e cruzou a redação correndo.

— O que foi? — perguntou. Os dois repórteres olharam para ele.

— Certo, Jamal, espere um pouquinho — disse Jim.

Jamal, que vestia uma camiseta gasta da Sly & The Family Stone, olhou para os dois repórteres. — O.k. — ele disse. Jim levantou-se de sua cadeira.

— Kyle, Ricky e eu vamos dar uma volta para espairecer, Jamal. Estamos ficando desesperados aqui dentro — ele disse. — Gostaria de vir conosco? — Enquanto Jim começava a caminhar em direção à saída, Jamal nem sequer respondeu à pergunta e o seguiu, assim como Kyle. Ricky ficou um pouco para trás e, antes de se juntar a eles, foi até Lionel. Começou a observar a redação e não olhou diretamente para ele. O jornal estava a todo o vapor naquele dia.

— Bem, meu querido editor-chefe — Ricky disse olhando ao redor. — Lá vamos nós!

— Vocês estão fazendo isso só para me irritar?

— Pessoal, esperem um pouquinho — Ricky chamou. — Lionel quer saber se isso é só para irritá-lo.

— Não, não é — respondeu Jim, aproximando-se da porta.

— Por que você acha que é para irritá-lo?

— Porque sabem que não gosto disso.

— Bem, sinto muito se você não gosta, mas não é para irritar você. Ricky pegava seu maço de cigarros.

— Mas bem que parece...

— Olha, nós gostamos de você de verdade, Lionel, não queremos irritá-lo. No entanto, uma conversa franca entre nós agora seria muito bem-vinda. Pessoal, volte aqui um pouco.

— O.k., estamos voltando — disse Jim, virando-se. Ele voltava seguido por Jamal e Kyle. — Veja, Lionel — ele já começara a falar enquanto voltava. — Achamos que há algumas coisas que precisam mudar por aqui — falava com firmeza, mas educadamente.

— Lionel, seja sincero conosco — Ricky disse. — Você não acha que, para otimizar a qualidade do jornal, deveríamos reavaliar algumas coisas?

Lionel não disse nada.

— Veja o Kyle, por exemplo — Ricky continuou. — Ele disse que estava tendo um ataque ali dentro porque queria escrever uma matéria sobre George Martin e você não deixou.

— Não, não deixei.

— E por que fez isso?

— Quem é George Martin?
— É sério que você não sabe quem é o George Martin? — perguntou Ricky, incrédulo.
— Não, não sei.
— Você é o editor-chefe, como você pode não saber isso? O que você sabe sobre música pop? Já ouviu falar dos Beatles?
— É claro, não sou idiota.
— Se você ouviu falar dos Beatles, deveria saber quem é George Martin.
— Sério? Bem, sei que os Beatles foram um fenômeno pop que começou e acabou nos anos 1960 e não sei quem é George Martin.
— Ele era o produtor da banda, muitos o consideram o quinto Beatle.
— E por causa disso você acha que ele merece uma matéria no jornal?
— Não apenas uma matéria, ele merece a capa da seção de entretenimento.
— Sim — disse Jim, que estava ao lado da porta, mas agora dera meia-volta para, mais uma vez, participar da conversa. — Porque ele não era só o produtor dos Beatles, ele conhecia muito de música em geral.
— E tenho certeza de que Jamal não vai reclamar disso, vai?
— Com certeza, não — respondeu Jamal. — Acho uma grande ideia para colocar na capa do caderno de entretenimento. Os Beatles ainda possuem muitos fãs, que certamente comprarão o jornal.
— E desde quando você é do departamento de marketing? — perguntou Lionel.
— Desde que vou aos lugares, falo com as pessoas e sei o que elas querem.
Lionel abaixou a cabeça, ainda não convencido. Ricky, então, sugeriu:
— Me deixa falar uma coisa: vamos ligar para um dos nossos assinantes, aleatoriamente, e perguntar a ele quão interessado estaria em uma matéria sobre George Martin, só para termos uma ideia...
— É justo — disse Lionel. — Se só esse assinante disser que não tem interesse, essa história está fora.
— Na verdade, não é justo — Ricky argumentou. — Mas estamos dispostos a arriscar.

Lionel pegou o telefone, ligou para a linha do departamento de assinaturas, pediu o telefone de um assinante e ligou o viva-voz.

— Alô? — a voz do outro lado da linha falou.

— Olá, somos do *Arthur Graphic-Clarion* e estamos fazendo uma pesquisa sobre o que nossos leitores gostariam de ver na seção de entretenimento. George Martin seria alguém sobre quem você gostaria de ler, senhor?

— Sim, ele foi muito importante para os Beatles — disse o assinante.

Lionel arregalou os olhos. Ele perdera a discussão.

— Bem, meu caro Lionel, parece que você perdeu — afirmou Ricky. — Teremos uma matéria sobre George Martin com chamada na capa.

— E seria ótimo se fosse a principal matéria da seção de entretenimento — completou Jim.

— Sim — endossou Ricky. — Seria maravilhoso. Deixaria bem claro quão grande é nosso potencial.

— Como assim *nosso* potencial? Do que está falando? — Lionel perguntou.

E depois de dizer isso, ele se levantou, entrou na sua sala e bateu a porta. Lá, pegou o telefone e começou a falar. Jim, Kyle, Ricky e Jamal conseguiam ver seus lábios se movendo, mas não entendiam o que ele dizia. É claro que imaginavam o que estava acontecendo. Colocado contra a parede, Lionel provavelmente recorreu ao dono do jornal para ver se este conseguiria restabelecer a "ordem". Os repórteres não pareciam se importar nem um pouco, já que estavam determinados de que, dessa vez, suas vozes seriam ouvidas. As outras pessoas ao redor deles na redação cuidavam da própria vida.

Lionel saiu de sua sala.

— Você se importa em nos dizer com quem falava ao telefone? — Ricky perguntou. — Será que sua confiança em seus repórteres é tão pequena que, quando fazemos algo "fora da caixinha", você entra em pânico e precisa chamar "reforços"?

— Não é bem assim — Lionel argumentou. — Mas aqueles que são donos deste jornal têm o direito de saber o que acontece aqui.

— É justo, mas não vamos recuar — respondeu Ricky.

Ricky foi até a sua mesa. Nesse ponto, a ideia de sair para desanuviar a cabeça era passado. Precisavam focar a tarefa à frente deles.

— Jim, vamos ver se conseguimos ajudar Kyle e Jamal — disse Ricky. — Você conhece alguém que talvez tenha um contato na EMI?

— Acho que sim, mas preciso checar — respondeu Jim, voltando à sua mesa.

Enquanto tudo isso acontecia, um fotógrafo entrou na redação. Lionel explicou a ele que suas fotos não eram requisitadas no momento.

— Você nunca quer minhas fotos! — o homem gritou. — Deveriam se livrar de você neste jornal. — e saiu enfurecido.

— Conseguiu algo, Jim? — Ricky perguntou.

— Consegui. Achei o *set-list* de um show do Styx ao qual eu fui em Chicago há alguns anos.

— Isso vai ser de uma utilidade... — comentou Ricky, com ironia.

— Bom, tem um número de telefone aqui... Ah, lembrei agora que é de uma garota que conheci naquele dia e trabalhava como assessora de imprensa para a EMI em Chicago.

— Jim, isso não é hora de relembrar peripécias, temos de ajudar os garotos.

— Não é peripécia nenhuma, Ricky — disse Jim. — O importante é que ela era assessora de imprensa da EMI em Chicago.

— Vamos ligar, então — disse Ricky. — Na pior das hipóteses, a gente começa a ligar para todos que conhecemos em Chicago e talvez tenhamos sorte.

— Certo, eu ligo — disse Jim. — Que droga! Meu telefone não está funcionando — levantou-se e foi até a mesa de Ricky. Estava muito empolgado e começou a transpirar. Depois de tantos anos, era a primeira vez que os repórteres decidiam tomar uma posição forte e desafiar a autoridade do editor-chefe.

— Você não pode nos impedir agora — ele disse a Lionel — Nós vamos fazer isso.

— Vamos mesmo — reforçou Ricky. — Desta vez, você terá de aceitar nossa vontade.

Ricky pegou a folha de papel com o número do telefone. Tudo o que Lionel podia fazer era observá-los ligar e esperar. Eles estavam tão empenhados nisso que pareciam Woodward e Bernstein, investigando Watergate. Lionel voltou para sua sala, fechou a porta e começou a chutar a lata de lixo e a esmurrar a mesa. Do lado de fora, os quatro repórteres discutiam os próximos passos.

— Precisamos buscar fotos de George Martin no nosso banco de imagens — disse Jamal. — Vamos fazer uma matéria classe A.

Kyle estava com lágrimas nos olhos. Ele nunca achou que seus colegas iriam apoiá-lo assim.

— Obrigado — disse. — Agradeço de verdade a ajuda. — Já estava em frente à máquina de escrever, pensando em um título e um texto de abertura para a história.

— Ninguém atende nesse número — Ricky disse. — Você não se lembra do nome dela, Jim?

— Estou tentando... Era... Cheryl. Cheryl alguma coisa. Cheryl Griphin. É, é isso mesmo!

— O.k., antes de começarmos a ligar para todos que conhecemos, vamos dar uma olhada na lista telefônica e ver se pelo menos essa tal de Cheryl ainda mora em Chicago.

Jamal pegou a lista logo que ouviu isso.

— Griffin? Vamos ver: Gr, Gri...

— É Griphin com "p" e "h" — disse Jim.

— Com "p" e "h"? — disse Jamal. — Meu Deus!

— É, era um lance de numerologia, se não me engano — completou Jim.

— Achei! — gritou Jamal. — Cheryl Griphin. De acordo com a lista, ela ainda vive em Chicago, mas o telefone provavelmente mudou.

— Jim, você é quem a conheceu. Ligue para ela no número novo.

Jim pegou o telefone e ligou.

— Alô? — uma voz muito suave do outro lado atendeu.

— Cheryl? Oi, aqui é Jim Laing, do *Arthur Graphic-Clarion*. Você se lembra de mim? Nós nos conhecemos em um show do Styx aí em Chicago há alguns anos...

— Jim Laing? Nossa, sou péssima com nomes. Mas o show do Styx há alguns anos traz alguma lembrança. Eu me lembro de conhecer alguém naquele dia, mas estava muito bêbada!

— Bom, na verdade eu te achei bonita e dei em cima de você. Você não ligou muito, mas me deu seu telefone, que eu acabei de descobrir que mudou — disse Jim, rindo um pouco.

Ela parecia achar tudo aquilo divertido e falou, dando uma risadinha:

— Desculpe por isso, mas em que posso ser útil?

— Preciso da sua ajuda para uma matéria. Você ainda trabalha como assessora de imprensa da EMI?

— Não, não trabalho. Mas me diga o que você quer e vejo o que posso fazer.

— Precisamos do contato de George Martin. Vamos publicar uma matéria especial sobre ele na nossa seção de entretenimento e seria sensacional se pudéssemos falar com ele. E tem de ser hoje.

— Nossa! É um pedido incomum e bem difícil de realizar. Porém, você é um cara de sorte. Eu não posso passar o contato dele para você, mas posso ligar da minha casa e pedir a ele que fale com vocês, se estiverem dispostos a vir até aqui. Ele é o protótipo do cavalheiro inglês e tenho certeza de que lhes dará uma entrevista. Sempre tivemos uma ótima relação. Mas o fuso daqui para Londres é de seis horas, então é melhor vocês se apressarem, se quiserem fazer isso hoje.

— Não se preocupe, estaremos aí. É só me dar o endereço — disse Jim.

— Rua West Cortland, 2559 — Cheryl respondeu.

— Obrigado, ainda bem que temos um mapa das ruas de Chicago aqui. Nosso repórter estará aí daqui a pouco.

Jim checou o relógio, eram 10h30. Então, voltou-se para Kyle:

— Olha, você vai pegar o carro do jornal e vai até Chicago.

— Certo.

— Vamos ficar por aqui procurando fotos, informações em jornais antigos, revistas, livros e tudo o que for possível — Jamal completou, muito empolgado. — Faça a entrevista e não se preocupe, manteremos tudo sob controle aqui.

— É, esqueça o Lionel, ele está domado — Ricky disse.

— Tenha foco em fazer a melhor entrevista possível — Jamal aconselhou. — Isso entrará para a história.

— Então, devo partir — Kyle falou para Jim. — Lá vou eu para Chicago!

Jamal voltou para sua mesa.

— Quem imaginava que as coisas ficariam tão empolgantes por aqui? — ele disse.

— Este é o endereço, este é o mapa e estas são as chaves do carro. Boa sorte — desejou Jim a Kyle.

— Não se preocupe, vai dar tudo certo.

Kyle pegou as chaves, saiu para a rua, pulou dentro do carro e pisou fundo no acelerador o caminho inteiro até Chicago. Teve de prestar atenção na estrada e pensar nas perguntas que faria a George ao mesmo tempo. Eram 13h30 quando ele chegou à cidade e 13h45 quando parou na casa de Cheryl. Tocou a campainha e uma mulher atendeu.

— Cheryl? Oi, sou Kyle, do *Arthur Graphic-Clarion*.

— Oi, por favor, entre, você deve estar com pressa. Sente-se ao lado do telefone. Vou pegar o número para ligar. Fique à vontade.

— Obrigado.

Kyle tirou seu bloco de notas do bolso e começou a escrever todas as perguntas em que pensou no caminho do jornal até a casa de Cheryl. Ela voltou com o número.

— Pronto? — ela perguntou a Kyle.

— Pronto e disposto — ele respondeu com um sorriso.

— Legal, ele é uma cara muito gentil.

Kyle observou enquanto Cheryl ligava. Sentia que esses eram provavelmente os cinco segundos mais longos de sua vida. Estava prestes a falar com George Martin, um dos maiores nomes na história da música pop. Viu que Cheryl já falava com alguém do outro lado da linha e, em seguida, lhe passou o telefone.

— Alô? — Kyle disse.

— Olá, como vai? — uma voz grave com um forte sotaque britânico respondeu. — É muito bom falar com você. Qual o seu nome?

Kyle não conseguia acreditar. George Martin acabara de perguntar seu nome. Seu coração disparou.

— Kyle Jennings — o repórter respondeu. — É uma grande honra falar com o senhor.

George Martin respondeu paciente e detalhadamente a todas as perguntas de Kyle, que agradeceu muito e desligou o telefone.

— Foi espetacular, agora preciso voltar rápido à redação.

— Vou com você — falou Cheryl.

— O quê? Não sei se isso é certo...

— Você está de brincadeira? Eu acabei de lhe proporcionar o maior momento da sua vida e você me fala que eu não posso ver como isso vai terminar?

— Estamos em cima do fechamento, vai estar uma loucura lá no jornal.

Kyle olhou para ela, ergueu as sobrancelhas e soltou um longo suspiro.

— Mas acho que, depois do que acabou de fazer, eles não vão reclamar.

— É — respondeu Cheryl. — E se reclamarem, deixe comigo.

— Está acostumada a ouvir reclamações de pessoas?

— Eu trabalhei como assessora de imprensa em uma gravadora e isso é quase a definição daquele trabalho.

— Muito bem, então vamos logo.

— Só estou esperando você.

Kyle e Cheryl entraram no carro.

— Acha que consegue chegar lá em tempo?

— Sim, mas espero que não se importe de andar com alguém que vai pisar fundo. — Tenho de atingir a velocidade máxima se quiser chegar lá em tempo.

— De jeito nenhum — respondeu Cheryl. — Sou jornalista também e sei o tipo de pressão que vocês sentem para conseguir cumprir o prazo —

ela apertou os cintos. — Além do mais, minha vida está meio monótona, preciso de um pouco de agito.

— Já foi para Arthur?

— Não — a empolgação na voz dela era clara. — Mas acho que não dava para escolher um dia melhor para ir, né? Aposto que nunca é tão empolgante assim.

— Ganhou a aposta com facilidade — disse Kyle.

— É claro — completou Cheryl, olhando para ele com um sorriso. — Eu só aposto quando tenho certeza de que vou ganhar.

Kyle ligou o carro e, como havia dito, assim que chegaram à estrada ele acelerou até o máximo, um fato que não passou despercebido pela polícia rodoviária. Um policial fez sinal para que encostasse.

— Você estava bem acima do limite, rapaz — o patrulheiro disse. — Não quero saber aonde ia ou por que tinha tanta pressa, preciso multá-lo.

— Eu sou jornalista, trabalho no *Arthur Graphic-Clarion*. Tenho de chegar ao jornal em tempo para o fechamento.

— Já disse que não ligo — falou o policial. — Como jornalista você deve ser um exemplo de cidadão que cumpre a lei.

— Eu sei.

— É mesmo? Bom, você provavelmente é uma boa pessoa. A maioria que leva uma multa em sua situação faria um escândalo — o policial respondeu, enquanto acabava de escrever a multa. — Seu jornal provavelmente pagará por isso.

— Não tenho tanta certeza, senhor... Ewing — Kyle havia lido o nome no uniforme.

— Se eles não pagarem, espero que qualquer que seja a razão de você estar correndo assim valha a pena.

— Pode ter certeza de que vai valer. Bem, adeus — despediu-se Kyle.

— Adeus, boa sorte e vá mais devagar — aconselhou o policial.

Kyle teve de manter-se abaixo do limite pelo resto do caminho e começou a suar de nervoso. Ao lado dele, Cheryl apenas observava. Quando chegaram à redação, a temperatura estava subindo. Lionel estava prestes a trocar socos com todos, quando o viu.

— Aí está!!! Já estamos uma hora atrasados para o fechamento graças a você e a essa história que inventou com seus amigos. Conseguiu a entrevista pelo menos?

— Sim — disse Kyle. — Está gravada aqui.

Jamal foi imediatamente para sua mesa e começou a preparar a página de entretenimento.

— Kyle, ignore o Lionel, vá até a sua mesa e escreva a história — ele disse com brilho nos olhos.

— E quem é ela? — perguntou Lionel.

— É o contato de Jim, foi quem tornou a matéria possível.

— Grande porcaria! Essa matéria não vai sair na edição de amanhã.

— O quê? — perguntou Kyle.

— Não dá mais tempo, as máquinas já estão imprimindo.

— De jeito nenhum! Será amanhã.

Jim e Ricky ficaram malucos, exigiam que a história fosse publicada na edição do dia seguinte.

— Kyle, não pare de escrever, isso não vai acontecer — disse Ricky.

— Certo, vou escrever.

— Não dá tempo! — gritou Lionel.

— Veremos — Jim contra-atacou.

Jim e Ricky desceram até o local onde o jornal era impresso. Cheryl foi com eles.

— Um de vocês tem de falar — Cheryl exigiu.

— Falar o quê? — perguntou Jim.

— Como assim o quê? Você sabe muito bem. Fale logo!

— O.k... PAREM AS MÁQUINAS!

Ricky apertou um botão e todas as prensas pararam. Eles avisaram aos operários que havia uma mudança na parte de entretenimento e que mandariam o novo exemplar logo.

Quando voltaram para a redação, Lionel estava prestes a ter um infarto.

— Eu não acredito que fizeram isso! Vocês sabem quanto de dinheiro vamos perder por ter de começar a imprimir de novo?

— Sim, sabemos — respondeu Ricky — e não ligamos. Desde que tenhamos algo novo, diferente e empolgante para mostrar aos nossos leitores. E desta vez nós temos!

— Você não vai se safar dessa — ameaçou Lionel.

— Veremos. Vamos esperar o relatório das vendas — disse Jim, muito calmo.

A edição do *Arthur Graphic-Clarion* com George Martin na capa do caderno de entretenimento foi a que mais vendeu em 1978.

– INTERVALO –

DOIS CONTINHOS E SEIS POEMAS

O ÔNIBUS

Olhando pela janela para a longa estrada que se estica à frente, minha mente viaja e eu imagino como é a vida de todos aqui dentro. Não é algo meio fascinante que por certo período de tempo estejamos todos no mesmo lugar, dividindo essa viagem de todos os dias?

Há um garoto usando óculos grossos, carregando o que é provavelmente um laptop em sua bolsa, lendo um livro de Faulkner em seu Kindle. Usa o blusão de sua universidade, uma camisa polo azul, uma calça de moletom e um gasto sapato marrom. Está a caminho da faculdade, onde, imagino, é um aluno exemplar.

Sentado em sua cadeira de rodas no lugar reservado, há um homem desabrigado e deficiente. Foi colocado aqui dentro por seus amigos, também desabrigados. Usa um moletom bem velho e gasto do Minnesota Vikings, um boné de caminhoneiro da Ford, *jeans* maltratado, meias cinza de lã e sandálias. Usa este ônibus com frequência.

Três assentos atrás de mim, está um jogador de basquete bastante jovem. Ele é negro e muito alto e deve crescer ainda mais, pois tem um rosto de bebê. Usa a jaqueta e a calça do seu time de basquete do colegial e um par de Air Jordan. Carrega uma bola oficial da NBA Spalding, que ele leva como um recém-nascido. Está a caminho da quadra de seu bairro para dar alguns arremessos sozinho.

Nos últimos assentos está uma mulher comprovadamente louca. Tem olhos azuis esbugalhados, cabelo loiro desgrenhado e a pele marcada por cicatrizes. Carrega umas cinco sacolas plásticas cheias de roupas velhas e rasgadas. Fala sem parar de Jesus, do apocalipse e de várias outras coisas que ninguém faz a menor ideia do que são.

Logo à minha frente há uma linda garota. Tem cabelos bem negros e longos, pele branca, olhos de um verde profundo, uma boca sexy rosada e um nariz pequeno e bonito. Claramente a caminho da academia, usa uma jaqueta esportiva que está aberta e por isso dá para ver que debaixo ela usa um top cor-de-rosa da Nike e também veste uma calça *legging*, que ressalta suas belas pernas e seu lindo corpo. Fala pelo WhatsApp em seu iPhone e demonstra, pela maneira como olha, que sabe como é bonita.

Paramos na frente da prefeitura. Uma mulher bem velha e corcunda entra com a ajuda de seu filho, de seu neto e uma bengala. Seu cabelo é totalmente branco, mas, a despeito de seus problemas para andar, seus olhos irradiam a felicidade de alguém que viveu a vida alegremente.

Logo atrás deles vêm duas garotas negras, rindo bastante e muito alto de um encontro em dupla que tiveram na semana anterior. O tamanho e a cor de suas unhas são bem impressionantes.

Chegamos ao ponto final, todos descem e seguem sua vida.

ISQUEIROS, GUARDA-CHUVAS, TAMPAS DE CANETA E PALHETAS

Você já teve a sensação de que alguns objetos têm sua própria dimensão? Estou disposto a apostar uma boa quantidade de dinheiro no fato de que todo mundo por aí lendo isto já teve essa sensação. Falo sobre aqueles objetos que você tem certeza de que estão lá, onde você os deixou, mas de repente não estão mais.

Vou parar de enrolar aqui e ir direto ao ponto: falo sobre isqueiros, guarda-chuvas, tampas de caneta e palhetas, especificamente. Seja sincero, você nunca perdeu algum desses objetos e não consegue acreditar, porque tinha certeza de que estavam onde você os deixou?

Isso não faz você pensar? É 100% honesto quando diz que o pensamento de que objetos têm algum tipo de vontade própria nunca passou pela sua cabeça? Eu sei, soa uma coisa meio Stephen King (imagine isqueiros, guarda-chuvas, tampas de caneta e palhetas com vida...), mas faz sentido.

Ou eles têm vontade própria e querem voltar para sua dimensão, ou podemos especular que seres, como gnomos, duendes e talvez elfos, realmente existem e gostam de brincar conosco.

O engraçado é: eu não fumo, portanto não teria por que colocar isqueiros na minha lista, mas tenho amigos que fumam e reclamam, sim, sobre o repentino sumiço de seus isqueiros. E na verdade é uma cena engraçada quando tentam encontrá-los e não conseguem. Começam a dar palmadinhas em si mesmos por todo corpo esperando que tenham posto em algum bolso que não sabiam que tinham. Se estiverem em casa, começam a tirar móveis do lugar, olhar embaixo da cama, da mesa de jantar e do tapete.

Guarda-chuvas são um caso um pouco diferente, afinal são muito grandes para de repente desaparecerem no ar e nunca mais serem achados. Mas, por alguma razão, um dos esportes prediletos das pessoas no cotidiano é esquecer guarda-chuvas em algum lugar e não encontrar novamente. Dá para argumentar que podem ter sido roubados, mas quem rouba guarda-chuva? O fato é: eles desaparecem com frequência e sempre temos certeza de que sabíamos onde os havíamos deixado.

Tampas de caneta não representam lá um grande problema, já que a maioria das canetas não tem mais tampa e muita gente sequer as usa hoje em dia. Há celulares e computadores. No entanto, as tampas eram um estorvo para todo mundo há não muito tempo. Bastava a menor distração e poderiam acabar no chão, sem nunca mais serem encontradas. Não era uma coisa assim tão ruim com as mais baratas (aquelas cujo topo os alunos gostam de mastigar e personagens femininas de filmes pornôs gostam de lamber lascivamente), mas aborrecia quando eram de canetas importadas com logos de universidades ou times, por serem muito bonitas.

Eu amo música, mas não sou músico. Tentei tocar guitarra quando era mais jovem e fui um fracasso retumbante. No entanto, como sou amigo de muitos músicos, incluindo guitarristas, eu sei que é fato que palhetas devem ter sua própria dimensão. Histórias sobre palhetas perdidas pululam entre músicos, mas, por sorte, elas normalmente não são tão especiais. Porém, sabendo desse fenômeno, quando consegui pegar uma palheta jogada por Neal Schon em um show do Journey, uns quinze anos atrás, fiz questão de guardá-la em um lugar seguro. Você nunca sabe para onde ela pode ir...

POR...

Por matar o dragão e salvar a rainha,
Por me acordar de um pesadelo que eu tinha,
Por me dar água quando sinto sede,
Por me amar como a cruz na parede,
Por me abraçar forte e enxugar minhas lágrimas,
Por me dar um ombro para contar minhas lástimas,
Por rolar comigo em celeiro com feno,
Por ser um santuário quando quero sossego,
Por acender o fogo quando sinto frio,
Por juntar os pedaços sem deixar um fio,
Por acreditar com fé na glória e no sucesso,
Por me dar beijos e paixão e sexo,
Por aguentar chuva e neve com atitude de paz,
Por ser o sucesso de muitos anos atrás,
Por achar diamante numa pedra tão bruta,
Por ir adiante, decidida e resoluta,
Por tocar guitarra em um palco vazio,
Por me retirar do escuro e frio,
Por impulsionar o foguete para que no espaço esvoace,
Por me fazer feliz quando vejo sua face,
Por anjos que vêm do céu com louvor,
Por mistérios ocultos solucionados com amor,
Por letras e desenhos banhados em libido,
Por criminosos e bandidos à lei sucumbidos,

Por mágica criada pela varinha de um mágico,
Por rebeldes sem medo de um final trágico,
Por céus cortados por um arco-íris brilhante,
Por mares refletindo um luar deslumbrante,
Por alegria de viver uma vida de luz,
Por gaitas tocando o som do blues,
Por manter minha fé que o *rock-and-roll* não tem preço,
Por isso e muito mais, a ti, agradeço.

VARIAÇÕES

Há tantas variações nessa coisa esquisita chamada vida...

Quando a onda bate no barco
e o barco balança.
Quando o cantor entoa uma música
e o público se encanta.

Quando o rei manda na terra
e seus súditos se inclinam.
Quando a rosa se torna vermelha
e os rouxinóis piam.

Quando nuvens correm pelo céu
e o sol aparece.
Quando um recém-nascido chora
e a mãe reza uma prece.

Quando o arremessador lança a bola
e o rebatedor se engana.
Quando o padre coloca um anel
e o fiel o ama.

Quando a banda toca alto
e o público delira.

Quando o galo canta
e o tigre se atira.

Quando a igreja está vazia
e o corcunda toca o sino.
Quando Ícaro voa
e Lúcifer cumpre seu destino.

Quando o sábio conta uma história
e o mendigo luta.
Quando o anjo bate as asas
e o malabarista joga a batuta.

Quando piratas navegam o mar
e a "caveira e ossos" se estica.
Quando a caixinha de música toca
e a bailarina rodopia.

Quando uma águia voa longe
e um arco-íris traz emoção.
Quando seu amor te deixa
e desaparece na escuridão.

CARAS MORTOS

Ainda era muito cedo,
chore pela purificação.
Palavras ao alcance dos dedos,
vidas de caras mortos na minha visão.

Olhe e ouça com calma,
o seu todo são vários.
Trouxeram alegria para a alma,
nomes de caras mortos em meus lábios.

Relembre o público delirando
e o barulho em torrente.
Você parou e nos ouviu chamando
nomes de caras mortos em minha mente.

Com suor e inspiração,
felicidade todas as vezes.
Mas este trem deixou a estação,
pôsteres de caras mortos nas minhas paredes.

LUA COMO CADEIRA DE BALANÇO

Como uma foto ao lado da cama,
Contemplo o céu, achando a chama,
O único lugar que brilha a luz é onde?
Na linda lua em que o amor se esconde.

Sozinho, me sento em cima do muro,
Esperando encontrar o que procuro,
Meu coração vazio sangra fel,
A companhia que tenho é a lua no céu.

O silêncio é de ouro, disse a velha canção,
Meus olhos cegos, minha língua sem ação,
São Jorge e a fera em um feroz cotejo,
Mas a névoa cobre a lua que vejo.

O gato que ronrona, o cachorro que uiva,
O céu está claro, sem sinal de chuva,
Deus ao meu lado, nisso posso crer,
Por isso a lua brilha com tanto poder.

Bandeiras de países que desfraldam com paixão,
Ódio e ganância o mundo machucarão,
Um sem-fim de guerras o povo faz,
Na lua pousarão foguetes da paz.

Diamantes podem render dinheiro para gastar,
Mas um coração partido não vai consertar,
O mar está bravo, tenhamos fé,
Que a lua, amigos, controlará a maré.

Está quase amanhecendo, pássaros fazem canção,
A noite é tão curta, parece maldição,
E, quando eu morrer, assim alcanço,
E uso a lua como cadeira de balanço.

DANCE COM O DESEJO

Dance com o desejo
Velas com sangue na cor
Catedrais imponentes
Corações doendo de amor

Dance com o desejo
Lápides à espera de nós
Anjos negros tocam harpa
Corvos voam a sós

Dance com o desejo
Faces pálidas e presas
Amantes da escuridão
Avisto e fujo em defesa

Dance com o desejo
Rosa maléfica que corrói
Desabrocha por completo
Enfeitiça o herói

Dance com o desejo
Lua para uivar
Enegrecem os céus
Desgraça a chegar

Dance com o desejo
Do cemitério abra as portas
Onde morte e vida se encontram
Com o sofrimento das covas

Dance com o desejo
Gosto acre da praga
Erosão de valores
Onde o demônio ainda vaga

Dance com o desejo
E o fedor podre do veneno
Asas de morcego que batem
Anunciam o mal pleno

Dance com o desejo
E chamas do castelo
Liberte-se das correntes
Que machucam e flagelam

POR AMOR AOS LIVROS

Fiz uma "Entrevista com o vampiro"
Vi em "O iluminado" um hotel ruir
Realizei "Um estudo em vermelho"
E ouvi "O cão dos Baskervilles" latir

Escutei "Por quem os sinos dobram"
Acompanhei "Ivanhoé" na Inglaterra
Observei "A volta do parafuso"
Segui "As regras de Moscou" na guerra

Eles mudaram minha vida
Abriram minha mente
Imaginações de todos os tipos
Me fizeram viver, por amor aos livros

Vivi com "Guerra e paz"
Os "Diários da heroína" injetei por total
Pratiquei "Alta fidelidade"
Assisti a Reacher soar o "Alerta final"

Comprei "O diamante do tamanho do Ritz"
Resolvi um mistério com o inspetor Gamache
Morei em Pimlico com a vizinha Dobbs
Com Allon pintei arte

Pennywise era "A alternativa do diabo"
Para "O elo de Alexandria"
"O espantalho" seguiu "O poeta"
Enquanto Liz Carlyle um drinque bebia

Eles mudaram minha vida
Abriram minha mente
Imaginações de todos os tipos
Me fizeram viver, por amor aos livros

Fiquei com medo d'"Os ratos nas paredes"
Mas encarei "A hora das bruxas"
Tive "A glória de um covarde"
Com Huckelberry apontei injustiças

Dei "A volta ao mundo em oitenta dias"
No banquete jantei com Banquo
Escalei "A torre negra" com Roland
Com o corvo de Poe previ decessos

Subi "A montanha encantada"
Enfrentei "O gênio do crime"
Vi eleito "O grande mentecapto"
Caloca me escalou em seu time

Eles mudaram minha vida
Abriram minha mente
Imaginações de todos os tipos
Me fizeram viver por amor aos livros

A BRUXA ANÃ:
UM CONTO DE FADAS

No reino de Baloo, magos, fadas, dragões, unicórnios, duendes e cachorros alados vivem em harmonia. São comandados pelo benevolente Rei Loch, um mago que ascendeu ao trono por aclamação, após uma batalha sangrenta contra Lord Coater, do reino de Anteria.

O Rei Loch era o melhor soberano que os 600 anos de Baloo jamais testemunharam. Era honesto, justo e trabalhador. Mesmo após assumir o trono, continuava trabalhando duro como o principal ferreiro do reino, enquanto cuidava das questões comuns a um rei. Era orientado pelo Conselho das Corujas, que também administrava o sistema penal do reino, quando tinha dúvidas sobre suas decisões. Os unicórnios eram responsáveis pela segurança contra inimigos estrangeiros. Foi graças a eles que todos tiveram tempo de se aprontar para encarar e destruir Lord Coater.

O palácio do Rei Loch era todo de mármore e cristal e tinha doze quartos, uma cozinha, uma enorme biblioteca, uma sala de jantar, um maravilhoso jardim e a sala do trono com o maior pé-direito que se possa imaginar. O trono de Loch era do mesmo material do palácio, com retoques de pérolas nos braços e no topo.

Baloo é um local maravilhoso, ao sul da Ponte do Arco-Íris, no fim da estrada do Sol que Nunca se Põe. É cheio de riachos, árvores frutíferas, todas as espécies de pássaros, fontes luminosas, as gramas mais verdes e as flores mais coloridas.

A população do reino estava sempre em crescimento e, pouco a pouco, as tarefas do Rei Loch tornaram-se demais para ele. O Conselho das Corujas tinha uma função muito específica e não podia ajudá-lo. E ele havia passado toda a sua vida trabalhando. Nunca teve uma esposa e agora sentia ser muito tarde para encontrar uma que assumisse o papel de rainha ao seu lado. Precisava de alguém para ajudá-lo, de preferência outro mago ou fada.

Um dia, decidiu agir e convocou um de seus duendes peões à sala do trono. Seu nome era Hoodie e o Rei Loch confiava nele plenamente. Estava sempre feliz e realizava suas tarefas no palácio com a maior responsabilidade. Além disso, era bem informado sobre tudo o que acontecia em Baloo e conhecia muita gente.

— Hoodie, preciso de um enorme favor seu.

— Sempre pronto e disposto, senhor.

— Como você sabe, não tenho conseguido administrar todas as tarefas reais, é coisa demais! Preciso que me ajude a encontrar um assistente. Tenho confiança de que, com as informações e conexões que tem, podemos achar alguém que valha a pena. O que me diz?

— Tranquilo, meu senhor. Conheço vários magos e fadas e tenho certeza de que posso encontrar alguém. Há algum tipo de prova pela qual o senhor gostaria que passassem para que tenha uma ideia melhor das habilidades deles?

— Nada específico, não, mas confio no seu julgamento, Hoodie. Converse com todos que você acha que seriam uma boa e pondere as atitudes deles. Quando achar alguém que perceba que correspondeu às suas expectativas, traga para conversar comigo. Mago ou fada, provavelmente começará a trabalhar imediatamente. Falando nisso, devo sair e ajudar Lori, a maga rosa. Parece que as novas poções mágicas dela não estão funcionando e ela pediu minha ajuda. Boa sorte, Hoodie.

Hoodie só aquiesceu e seguiu seu caminho, pulando pelo chão de mármore da sala do trono.

Assim que saiu do palácio, Hoodie foi até a Praça do Mercado Bumblebee, onde a maioria dos magos e fadas praticava seus encantos e os dragões descansavam. Os pessegueiros ao centro eram frondosos, as cerejeiras floresciam o ano todo e os passarinhos gorjeavam, enquanto os unicórnios bebiam água fúcsia das fontes. Era o melhor lugar para achar alguém que pudesse ajudar o rei de modo eficiente.

Foi até um feiticeiro que praticava encantos de levitação. Ele estava lá no alto quando notou Hoodie e desceu. Era Mothar Sobe-Alto. Ninguém conseguia chegar à mesma altura que ele ao levitar e estava sempre treinando para melhorar.

— Hoodie! Que alegria vê-lo, pequenino amigo. O que o traz até a praça? Você gostaria de se juntar a nós esta noite em um jogo de dardos no Pan Tang's? Tem promoção de cerveja "Ale" hoje.

— Não sei, talvez eu apareça por lá mais tarde. No momento, preciso de sua ajuda com outra coisa. O rei precisa de um assistente. As obrigações do reino estão se tornando demais para ele lidar. Disse que quer uma fada ou um mago. Você conhece alguém que poderia querer ajudá-lo?

— Se isso fosse muitas luas atrás, eu assumiria essa responsabilidade com galhardia, mas agora eu simplesmente não quero esse peso. Porém, estive falando com Ulf, da estalagem Diamante Rouge, sobre uns novos magos e fadas chegando a Baloo, vindos de Yot. Parece que se espalhou uma notícia de que os feitiços deles funcionam melhor aqui, sei lá o porquê, e eles têm vindo aos montes. Ficam todos no Diamante — o que faz de Ulf um homem bem feliz — e ele comentou comigo sobre uma fada recém-chegada.

— E...?

— De acordo com Ulf, ela tem algumas habilidades fora do comum e uma personalidade forte. Meu palpite é que é exatamente o que você procura. Vá até a estalagem e pergunte por ela.

— Você não sabe o nome dela?

— Lychee, Leeche, algo assim. Pergunte sobre a fada com as características que eu falei e Ulf saberá. E vá ao Pan Tang's depois.

— Valeu, Mothar. Pode ser que eu vá mesmo até o Pan Tang's depois para gente jogar uns dardos, agora preciso ir ao Diamante.

A estalagem Diamante Rouge era uma casa no estilo Tudor, com três andares, uma escada em espiral e um total de dez quartos. As paredes de fora eram todas *pint*adas em diferentes tons de vermelho e lá dentro era aconchegante, com uma lareira para os invernos rigorosos, uma enorme mesa de madeira para as refeições dos hóspedes e algumas almofadas gigantes e fofas espalhadas pelo chão para relaxar. Quando Hoodie entrou, Ulf preparava o almoço em um caldeirão de ferro.

— Hoodie! Veio para um almoço conosco?

— Sinto muito, mas acho que não. Mothar Sobe-Alto me contou que você tem uma fada especial hospedada aqui e eu adoraria falar com ela. É de interesse de nosso estimado rei.

— Sim, eu tenho mesmo. O nome dela é Leechy. Ela está ali perto da lareira fazendo faixas coloridas aparecerem do nada no meio do ar. É bastante talentosa, mas um pouco geniosa... Cuidado ao falar com ela.

Hoodie aquiesceu e foi falar com a fada. Se os talentos dela eram acima e além daqueles de uma fada normal, seu visual era ainda mais diferente. Tinha o cabelo preto encaracolado, um nariz grande e aquilino, dois olhos que pareciam bolas sete de sinuca e, até para o padrão das fadas, era bem pequena. Cumprimentou Hoodie com indiferença.

— Oi — ela disse de modo desdenhoso.

Hoodie tentou ser gentil.

— Estava vendo seu truque com as faixas. Requer muita habilidade para uma fada. Meus parabéns!

— Obrigada, sou boa no que faço.

— Deu para ver. Você se importaria de conversar por um momento? Posso ter algo interessante para contar a você.

— Estou ouvindo — ela disse, sem sequer olhar para ele.

— Qual era seu trabalho anteriormente em Yot?

— Ensinava modos diferentes de usar a varinha mágica. Meus alunos iam de bebês a adultos. E eu só dava aula a nobres, pessoas próximas do nosso rei. Era um trabalho bom, mas posso ver que meus feitiços são muito mais poderosos aqui.

— Certo, parece um bom trabalho mesmo. Gostaria de trabalhar ainda mais próxima de um rei?

— Quanto?

— Desculpe, o que disse?

— Quanto? Você acha que eu deixo outras pessoas usarem a mim e meus talentos de graça? Tenho consciência das minhas habilidades e do quanto elas valem e quero saber quanto ouro está reservado para mim neste acordo.

— Nossa! Você nem está interessada em saber no que consiste o trabalho!? Você seria o braço direito do Rei Loch, um cargo de bastante prestígio e importância.

— Quanto? — ela repetiu, já perdendo a paciência.

— Eu sequer sei a resposta a essa pergunta. O Rei Loch nunca me disse o quanto ele pagaria a seu assistente. Ele imaginou que o escolhido ia querer, pelo menos, conhecê-lo antes.

— Vou conhecê-lo assim que tiver uma proposta. Sem proposta, sem reunião... sem Leechy. Simples assim.

Hoodie ficou meio desconcertado.

— O.k., vou falar com ele.

Ela nem se dignou a respondê-lo. Virou-se e voltou a fazer faixas aparecerem do nada no meio do ar. Hoodie também se virou para ir embora e passou pela cozinha, onde olhou para Ulf e lhe disse:

— Geniosa mesmo!

Hoodie voltou ao castelo e foi direto à sala do trono para falar com o Rei Loch. O rei conversava com Harvey, a coruja chefe do Conselho, sobre um tipo novo de praga que afetava a atual safra de romãs mágicas. Acenou para Hoodie e, depois de terminar a conversa com Harvey, foi em sua direção.

— Hoodie, por favor, me dê boas notícias.

— Tenho boas e más notícias. A boa é que há alguém disponível bastante capaz de ajudá-lo. A ruim é que ela deve dar um trabalho daqueles. Ela não quer nem vê-lo antes de saber o quanto de ouro vai ganhar.

— O.k., o que você acha dessa atitude?

— Ela só liga para dinheiro. Quer dizer, dado o que vi das habilidades dela, provavelmente será de grande ajuda, mas nunca irá pensar no bem do reino. A única pessoa com quem se importa no mundo é ela mesma... Pelo menos isso ficou muito claro para mim quando conversamos.

— Mas ela tem o talento necessário para o cargo?

— Imagino que tenha muito mais do que o necessário. Você sabe como nós, os duendes, somos. Sentimos essas coisas em questão de minutos. Porém, pode ser um risco. É meu dever avisá-lo de tudo, mas, no fim das contas, a decisão é sua.

— É, eu sei. Obrigado, Hoodie, você foi ótimo. Vou pensar nisso durante a noite, antes de dormir. Nos falamos de novo amanhã de manhã.

— O.k., estarei no Pan Tang's jogando dardos esta noite e talvez consiga mais informações para ajudá-lo.

— Obrigado de novo. Te vejo amanhã!

O rei se recolheu cabisbaixo e pensativo: o que ele podia fazer? Tinha muitas outras questões para analisar, além da crise das romãs mágicas, que estava piorando. Precisava rápido de alguém. Cumprindo sua palavra, foi para cama cedo para dormir e ver se conseguia enxergar as coisas com mais clareza pela manhã.

No Pan Tang's, Hoodie estava tomando uma surra de Mothar nos dardos. Apenas uma regra deveria ser seguida: nada de mágica. Mesmo assim, o duende não era páreo para o mago. Depois do jogo, enquanto tomavam um *pint* de Baloo Bitter (a melhor cerveja do reino), Hoodie contou toda a situação do rei ao amigo:

— Corta meu coração vê-lo. Veja bem, ele fez tantas coisas por este reino e agora, quando devia estar planejando uma aposentadoria boa e calma, tem mais coisa para fazer do que jamais teve e a única ajuda que poderia ter provavelmente vai cansá-lo ainda mais. Isso é um verdadeiro dilema e eu não sei o quanto posso ajudar.

— Você acha que essa Leechy é tão ruim assim? Com base no que me contou, ela só pensa em dinheiro, não há dúvida disso. Mas não sei se seria capaz de prejudicar o rei, afinal ela *é* uma fada e, por definição, é um ser bom. No caso dela, provavelmente o mal esteja à espreita em seu interior. Mas, mesmo assim, a parte boa é mais forte e mantém a parte má sob controle. Meu palpite é de que vale aproveitar a chance.

— O meu é de que é a única chance. O que mais ele pode fazer? Como eu disse, não sei o quanto posso ajudar, mas vou tentar unir todo o palácio a favor dessa causa, ver se todos nós podemos fazer um pouco mais e derreter o coração da tal fada para ela também fazer um pouco além. Terei uma ideia melhor amanhã, depois que falar com ele.

Hoodie levantou-se, pagou a sua cerveja e a de Mothar e voltou para o palácio. O dia seguinte seria primordial para o futuro de Baloo.

O Rei Loch acordou antes de o sol nascer, como era de praxe para ele nesses últimos dias. Começou a acordar cedo assim primeiramente porque tinha muita coisa para fazer e, também, estava tão preocupado que não conseguia dormir muito de qualquer maneira. Foi até a copa para tomar café da manhã e viu que Hoodie já estava lá, comendo uma toranja e dando goles em um chá de *blueberry*.

— Já acordado tão cedo, Hoodie? — ele perguntou com alegria.

— Não consegui dormir muito, estou bem preocupado com seu assistente.

— Agradeço a preocupação, Hoodie, e é por isso que vamos resolver esse problema hoje, de uma vez por todas. Alguma novidade sobre a "dita-cuja"?

— Nenhuma, mas conversei com o Mothar no Pan Tang's ontem à noite...

— Mothar Sobe-Alto? Já faz um tempo que não o vejo, é um cara muito legal. Essa é uma das razões por que preciso de ajuda. Eu não saio para me divertir com meus amigos há mais de dois anos e isso é um absurdo!

— Sim, senhor, isso é um absurdo. Ele disse que Leechy vale o risco. Pode não ter o coração totalmente puro, mas também não é o braço direito do demônio.

— E o que você acha?

— Eu concordo. Não só porque certamente podemos lidar com ela, mas também tenho certeza de que temos capacidade para torná-la uma de nós.

— Também pensei muito sobre isso e concluí que não tenho escolha. Preciso de ajuda e ela pode me ajudar. Vamos fazer isso! Depois a gente se preocupa com as consequências. Ofereça oitocentos dobrões de ouro por semana a ela, o mesmo que o Conselho das Corujas. É o maior salário do reino, não há como ela recusar.

— Não tenho tanta certeza sobre o "não há como", mas vou ao Diamante Rouge em algumas horas para fazer a oferta. Tenho um bom pressentimento quanto a isso.

— Ótimo! Tenho uma reunião com o Conselho sobre a crise das romãs em uma hora e pode demorar um pouco. Encontro vocês depois do almoço, certo?

— Sim, meu senhor.

O Rei Loch subiu as escadas para seu quarto para trocar de roupas e ir à reunião, e Hoodie saiu para cumprir algumas tarefas do dia a dia, antes de se encontrar com Leechy.

Um pouco depois das 10 da manhã, Hoodie bateu à porta do Diamante Rouge. O sempre alegre Ulf abriu e o saudou.

— Hoodie! Entre! Estamos terminando de tirar o café da manhã da mesa. Quer um pouco?

— Não, caro Ulf, estou bem. A Leechy está por aí?

— Está, sim, no quarto dela. Desceu para tomar café e voltou lá para cima. Parece que está treinando alguns truques novos e não quer que ninguém saiba.

— Pode chamá-la e dizer que há alguém aqui para falar com ela em nome do Rei Loch?

Ulf subiu e bateu à porta do quarto de Leechy. Hoodie conseguia ouvir os gritos dela do andar de baixo.

— Eu disse que não quero ninguém me importunando!

— O Rei Loch mandou alguém aqui para falar com você.

Ela abriu a porta.

— Espero que seja sobre ouro ou nunca mais falo com essas pessoas.

Leechy desceu e Hoodie, novamente, tentou ser gentil. — Srta. Leechy, que bom encontrá-la novamente!

— Veremos se posso dizer o mesmo, após ouvir o que você tem a oferecer.

— O rei me enviou para lhe oferecer oitocentos dobrões de ouro por semana. Será o ser mais bem pago do reino, juntamente com os membros do Conselho de Corujas.

— E como é a minha agenda?

— Cinco dias por semana, seis horas por dia. Tem os fins de semana livres.

— Três dias por semana, quatro horas por dia. E ainda tenho os fins de semana livres.

Hoodie ficou boquiaberto com a ousadia da fada, não apenas por não aceitar a oferta do rei na hora, mas por ainda fazer uma contraproposta. Ele sabia de seu gênio, mas isso já estava indo longe demais. Pensou em cancelar o acordo, mas teve uma ideia melhor.

— Olha, eu não tenho autoridade para aceitar ou não sua proposta. Meu trabalho era vir até aqui e oferecer o que acabei de oferecer. Se quiser discutir isso, fale com o Rei Loch pessoalmente. Você pediu uma oferta de salário, ele mandou. Agora você fala com ele. Terei prazer em levá-la.

Leechy olhou para ele com desprezo, mas aceitou. Sentia-se tão superior que não havia nada que quisesse mais do que negociar diretamente com o rei. Poderia não só mostrar suas habilidades, como o monarca veria, em primeira mão, que ela não cederia em suas exigências.

Hoodie apontou para a porta da estalagem:

— Vamos?

Saíram um ao lado do outro, Hoodie ainda tentando deixá-la mais descontraída, mas sem muito sucesso. Foi fria e monossilábica o caminho todo até o palácio.

Quando entraram, o rei acabava de sair da sala de conferências, com todas as corujas do Conselho, que passaram por Leechy e Hoodie e os cumprimentaram. Os dois acenaram de volta. (Leechy era geniosa, tinha um coração de pedra e podia até ser considerada uma mercenária da magia, mas era educada.)

— Srta. Leechy, eu presumo? — cumprimentou o rei, o mais educadamente possível. Ela sinalizou positivamente com a cabeça. — É uma grande alegria conhecê-la!

— Prazer em conhecê-lo também, Rei Loch. Tenho certeza de que podemos trabalhar juntos.

— Não tenho a menor dúvida disso. Venha, vamos à sala do trono para ficarmos mais à vontade.

Quando chegaram ao local, Loch sinalizou para que Hoodie os deixasse a sós. Sentou-se em seu trono e pediu a um dos anões do palácio que pegasse uma cadeira para a fada. Seu pedido foi realizado imediatamente.

— Srta. Leechy, acredito que Hoodie já tenha lhe informado previamente sobre você me ajudar com tantas questões no reino. O que acha disso?

Leechy respondeu de bate-pronto.

— Sua proposta é boa, mas eu quero mais. Eu já falei para o Hoodie. Só trabalho três dias por semana, quatro horas por dia. E tenho os fins de semana livres.

O Rei Loch ficou bastante surpreso com a reação, mas não desanimado.

— O.k., digamos que eu concorde com suas condições, mas preciso de algo mais de você. Essa crise das romãs piora a cada hora e talvez eu precise viajar para outros reinos para buscar ajuda. Você se importaria de assumir enquanto eu estiver fora?

— É claro que não. Desde que dobre minha compensação financeira por minhas horas extras de trabalho.

Por sorte, o rei estava sentado em seu trono, porque senão teria ido direto para o chão. Seu queixo caiu, seus olhos se arregalaram e ele começou a balançar a cabeça. Ele já ouvira falar de pessoas obcecadas por ouro e riqueza, mas isso era um novo recorde negativo na escala de ganância.

— O dobro? Olha, é claro que eu pagaria pelos serviços extras, mas dobrar? Não só não é economicamente possível, como causaria uma revolta dentro do palácio. Ninguém jamais recebeu o dobro do que ganha, por nada que tenha feito aqui. Não posso fazer isso, tenho de manter todos felizes e com um tratamento justo.

— Tá bom, então eu trabalho o que considerar o bastante para o quanto você vai me pagar — ela respondeu, com uma calma irritante.

— Tudo bem, tudo bem. Preciso de ajuda e, com base no que Hoodie me contou, você pode me ajudar muito. Quando começamos?

— Amanhã. E só para avisar, eu tenho, sim, uma ideia de como resolver a crise das romãs. Verá que não sou só de ficar falando, eu faço.

— Esplêndido. Amanhã às 8 horas?

— Estarei aqui.

Eles apertaram as mãos e Leechy seguiu seu caminho, andando empertigada e com o nariz empinado, em seu vestido longo e amarelo, que parecia um número maior que o ideal. Ela ainda morava na estalagem, mas com seus honorários se mudaria para uma casa maior em breve.

Hoodie entrou na sala do trono.

— Como foi? — perguntou.

— Ela é de difícil trato, sem dúvida. E eu nunca vi alguém gostar tanto de ouro e riqueza. Porém, disse ter uma ideia sobre a crise das romãs e eu não posso ignorar isso. Teremos de aprender a lidar com ela.

— Tenho certeza de que dará tudo certo.

No dia seguinte, às 8 horas em ponto, Leechy estava lá. Ela merecia todas as críticas por sua postura, mas era uma profissional, ninguém podia negar isso. O Rei Loch pediu para falar com ela assim que chegasse.

— Leechy, como você sabe, a crise das romãs mágicas é horrível, e você disse ter uma solução. Logo, essa é a primeira coisa que eu preciso que faça, o mais rápido possível. O que sugere?

— Uma poção mágica.

— Uma poção mágica? Tentamos todas que pudemos, convocamos os maiores magos do reino e nenhum deles conseguiu criar uma que pare essa peste.

— Bem, em primeiro lugar nenhum deles era eu e, em segundo lugar, minha avó, que era de Surrbier, tinha pomares enormes de romãs mágicas. Foi atacada por uma peste parecida com essa quando eu estava passando um tempo lá. Ela preparou uma poção e pediu minha ajuda. Eu me lembro claramente de como era feita: os ingredientes, as medidas e as palavras mágicas. Por sorte, temos todos os ingredientes aqui em

Baloo — tirou um pedaço de papel do bolso interno de seu vestido amarelo. — Me tragam tudo o que está escrito aqui e um caldeirão. Vamos matar essa peste agora. E apressem-se, por favor!

— Nossa, parece que valeu a pena contratar você.

— Sou capaz de muito mais, você vai ver. Aliás, quando recebo meus primeiros oitocentos dobrões? Na verdade, eu já tinha direito a receber assim que aceitei o acordo.

— Sim, é verdade. Mas deixe-me perguntar uma coisa: no fundo, você odeia o que faz? Você odeia ser uma fada?

Leechy pareceu não entender.

— Como assim?

— Você está prestes a fazer algo grandioso para o povo e o reino de Baloo, não sente nenhum prazer nisso? Só consegue pensar em ouro?

— Tenho prazer em ganhar ouro, e isso me basta — ela disparou em direção ao jardim. Lá, esperaria pelos itens de sua lista, enquanto treinava feitiços de fogo com sua varinha.

Depois de alguns minutos, o Rei Loch, Hoodie, todos os anões e fadas que trabalhavam no castelo e os integrantes do Conselho das Corujas estavam reunidos na sala do trono, ao redor de um caldeirão de bronze polido. Os materiais requisitados estavam em uma mesa de mármore ao lado. Hoodie foi até o jardim e chamou Leechy.

Ela entrou, ignorou a presença de todos e começou a derramar os ingredientes no caldeirão: sementes de almíscar, pelos de unicórnio fêmea, escamas de dragão recém-nascido, pétalas azuis de flores que ainda não houvessem desabrochado e um galão de um litro completo com água das fontes luminosas. Era fenomenal como, sem qualquer anotação, confiando apenas em sua memória, ela foi atirando tudo na mistura. Difícil acreditar que não estivesse perdendo a conta das quantidades de cada coisa que estava colocando, mas parecia certa do que fazia. Então, ninguém falou nada.

Misturou tudo apenas com o agitar de sua varinha, disse algumas palavras em uma língua que ninguém jamais tinha ouvido, se virou para todos ao redor e disse:

— Está pronto! Peguem uns borrifadores, encham com isto e borrifem nos campos de romãs.

Hoodie e alguns anões correram até o galpão do jardim e pegaram cerca de quinze borrifadores para todo mundo. Eles deram um para cada espectador que estava na sala do trono — inclusive o Rei Loch e Leechy. A fada objetou.

— Eu, não. Não vou borrifar. Meu trabalho era fazer a poção, vocês vão lá e borrifem.

Ainda surpreso com a atitude, o resto do grupo foi até os campos de romãs. Era algo triste de se ver. As árvores estavam acinzentadas e dava para sentir o cheiro das frutas podres. Larvas e vermes gigantes estavam ao redor dos galhos das árvores, havia até ratos remexendo o solo.

Foram ao trabalho. Spiff, spiff, spiff. Borrifaram em cada folha de cada árvore do pomar. Dizer que o que aconteceu durante os próximos minutos deixou todos de queixo caído seria o eufemismo de todas as eras. Hoodie literalmente desmaiou, o Rei Loch esfregou os olhos umas mil vezes para ter certeza de que estava vendo com clareza, os anões e as fadas não conseguiam se mexer e as corujas do Conselho piaram os sons mais lindos que jamais emitiram. O pomar estava vivo novamente! As folhas estavam verdes, as romãs, vermelhas como rubis, e todas as pragas desapareceram.

Voltaram ao palácio cantando músicas folclóricas alegres de Baloo e espalhando a notícia pelas ruas: a praga havia sido erradicada. Outra ótima colheita de romãs estava garantida e era uma coisa a menos na mente do Rei Loch.

Quando chegaram ao palácio, o rei foi agradecer Leechy.

— Obrigado, obrigado! Funcionou lindamente. Sou realmente grato pelo que fez.

Ela respondeu novamente de modo indiferente.

— Sim, sim, é claro que funcionou. Eu tinha certeza de que funcionaria. Agora, onde estão os oitocentos dobrões aos quais eu tenho direito?

— Vou pegar para você agora mesmo. Mas não está nem um pouquinho feliz por salvar uma parte importante de nossa comunidade? Não consegue encher o seu coração com a alegria do momento? — Loch continuava incomodado com a total falta de um sentimento mais nobre e grandioso por parte de Leechy. O materialismo dela era espantoso.

— É claro que estou feliz, mas prefiro minha alegria em ouro. Você é todo emoção e eu sou toda razão. É a nossa principal diferença, e tomara que não interfira em nossa relação profissional.

— Não, não vai — disse o Rei Loch, com frieza, e foi até o cofre do palácio para pegar os oitocentos dobrões para Leechy. Entregou a quantia para a fada, que ainda teve a ousadia de contar os dobrões, para ver se estava tudo lá. Certa de que estava, agradeceu com um murmúrio e virou as costas para voltar à estalagem.

O Rei Loch observou-a sair do palácio. Tinha sentimentos conflituosos com relação a ela. Por um lado, sua aposta nas habilidades dela tinha valido muito a pena e salvado o reino de uma praga destrutiva e poderosa. Por outro, o total distanciamento de sentimentos dela com relação ao palácio, ao reino e às pessoas de Baloo era preocupante. A primeira coisa que faria na manhã seguinte seria convocar o Conselho das Corujas, algo que não fazia, a não ser que fosse extraordinariamente necessário. Por agora, queria aproveitar o momento e relaxar um pouco.

Na manhã seguinte, bem cedo, entrou na grande e ampla câmara de madeira do Conselho das Corujas. Estavam todas esperando por ele. Stool, o presidente do Conselho, saudou o rei e perguntou-lhe em sua voz grave e sempre educada:

— O que o incomoda, Rei Loch? Não é comum nos convocar. Por toda a nossa história, você, entre nossos reis, é quem menos precisou de nós.

— É, eu sei. Eu só venho até vocês quando tenho certeza de que não consigo tomar uma decisão sozinho ou com Hoodie. Ou quando não entendo exatamente a situação em que me encontro, o que é o caso.

— Certo, faremos nosso melhor para ajudá-lo, como de costume. O que exatamente você não entende?

— Essa fada que eu acabei de contratar como minha nova assistente, Leechy. Obviamente ela é talentosa e, sem a ajuda de ninguém, resolveu o problema das romãs. Não acho que seja má ou tenha más intenções, mas a fixação dela com ouro e coisas materiais não é natural e com certeza não combina com o modo como vivemos em Baloo. Vocês acham que tenho razões para ficar preocupado?

— Como você chegou a ela? — perguntou Bölcs, o integrante mais jovem do Conselho, com 105 anos.

— Ela é de Yot. Muitos seres vieram de lá recentemente, e ela é um deles. Hoodie ficou sabendo dela através de seus contatos no reino. Está hospedada no Diamante Rouge por enquanto, mas tenho certeza de que vai se mudar logo.

— Bem, Yot já foi um dia a Terra Prometida da mágica, até as invasões de Anteria. Lord Coater massacrou todos os anciões, inclusive, provavelmente, os pais de Leechy. Mesmo depois de Lord Coater ser vencido aqui em Baloo, Yot nunca se recuperou e alguns valores errados continuaram arraigados no povo lá. A ganância é o mais destacado de todos — disse Maroon, a mais alta das Corujas.

Prafiev, uma coruja branca e gordinha, completou:

— Eu acho que você não precisa fazer nada por agora, mas fique de olho nela e diga a todos no palácio para estarem sempre alertas. Também ficaremos atentos. Ela pode ser inofensiva, mas ganância desenfreada pode levar a um caminho perigoso, traiçoeiro e causar problemas para a pessoa e todos ao redor dela.

— A que devo ficar atento especificamente? — perguntou um preocupado Rei Loch.

— Repare se ela não está socializando naturalmente com todo mundo, como ela trata o resto de seus empregados, se está sempre infeliz e resmungando para si mesma. Esses podem ser sinais de que existe algo errado com ela e de que está planejando uma maneira de se beneficiar — aconselhou Mudry, o mais quieto do Conselho.

— Também fique atento em relação a qualquer contato que venha a ter com o povo de Yot. Estão em crise lá e não sabemos que tipo de reação podem ter quando ficarem sabendo que um deles ocupa uma posição importante aqui — falou Tanary, que, entre todas as corujas, era a que sempre demonstrava desconfiança.

— Tudo bem, muito obrigado a todos. Vou seguir os conselhos ao pé da letra e relatar qualquer coisa suspeita. É provável que tenha de viajar para Eteparg em dois dias para comprar fogos de artifício para nossa comemoração de Primeiro Dia da Primavera, que está próximo. Essa viagem será uma boa oportunidade para ver como as coisas vão acontecer sem a minha presença aqui. — Todas as corujas aquiesceram e após dizer isso, o rei voltou às suas atividades do dia a dia.

Naquele mesmo dia e no seguinte, o rei começou a reparar no comportamento e na interação de Leechy em relação aos outros e, apesar de estar claro que as pessoas no palácio não gostavam dela, achou que não fosse algo muito preocupante. Tinha uma personalidade forte, não era exatamente simpática e se comportava como se o mundo inteiro estivesse em dívida com ela. Ainda assim, achou que se tratava de uma questão de temperamento, nada mais.

A viagem do Rei Loch para Eteparg duraria dez dias. Ia comprar fogos de artifício, mas aproveitar a oportunidade também para relaxar um pouco. Fazia dois anos inteiros desde a última vez que tivera um tempo para si, e Eteparg tinha grandes opções de entretenimento, como apresentações de bobos da corte, duelos de cavaleiros, ótima cerveja e alguns resorts de castelos de luxo, onde reis de todos os lugares costumavam ficar. Seria maravilhoso para ele passar um tempo lá.

Antes de sair, convocou Hoodie para a sala do trono.

— Hoodie, você será meus olhos e ouvidos enquanto eu estiver fora. Esteja atento a tudo envolvendo Leechy. Dependendo do que acontecer durante esse período, teremos uma ideia melhor sobre quem ela é de verdade. Tomara que não seja nada para nos preocupar.

— Fique calmo e relaxe em sua viagem, meu senhor. Estarei aqui observando e conto tudo assim que voltar.

— E... Hoodie...

— Pois não?

— Pare com esse negócio de "meu senhor". Nós somos amigos, você sabe disso.

— Vá com Deus, meu amigo!

Dez dias se passaram e o Rei Loch voltou a Baloo com os rojões e muita alegria. O tempo afastado tinha feito tão bem a ele que até seu rosto tinha uma aparência melhor: era a imagem da saúde e da vivacidade.

— Grande amigo, você está ótimo! — disse Hoodie enquanto o Rei Loch adentrava o palácio.

— Obrigado, Hoodie, esta viagem me fez muito bem. Agora, quais as novidades?

— Bom, tudo está bem... — estava claramente titubeante. — Exceto... você sabe, Leechy...

— Pare de enrolar e simplesmente fale o que aconteceu.

— Nada sério, mas houve desavenças com algumas pessoas do palácio.

— Que tipo de desavenças? — perguntou impaciente.

— Assim que você saiu, ela começou a se comportar como se fosse a rainha. Foi extremamente mandona e ainda mais arrogante. Alguns anões responderam para ela e em alguns momentos tive de interferir ou as coisas iam piorar. E tem mais uma coisa...

— O quê?

— Parece que foi vista se comunicando com pessoas de Yot. Não sei exatamente o que isso significa, mas achei melhor avisá-lo.

— Claro, você fez bem em me avisar. Mas não dá para você me dar mais detalhes sobre essa última informação? O que você quer dizer com "parece que foi vista" e "se comunicando"? É muito vago.

— No ápice dos desentendimentos, os anões do palácio começaram a falar mal dela por todos os lugares aonde iam. Isso criou muita animosidade entre ela e uma boa parte da população, e então histórias começaram a aparecer. Você, melhor do que ninguém, sabe como rumores se espalham. Os moradores da estalagem começaram a tentar ouvir, sem que Leechy percebesse, à porta do quarto dela, e alguns disseram tê-la escutado falando como se houvesse alguém ali. Concluíram que ela tem algum tipo de meio mágico para se comunicar com sua terra natal e estava conversando com alguém de Yot.

— Então, ela foi ouvida e não vista. Mas isso não importa. É muito boato, não acha?

— Acho, mas sejamos ainda mais cuidadosos. Além disso, ela se recusou a fazer qualquer coisa em relação à reforma da Praça Bumblebee porque, segundo ela, isso envolveria ainda mais horas extras de trabalho e não estava sendo paga para isso. Terá de encarar essa sozinho, e será uma tarefa hercúlea.

— Eu me viro. Certo, isso é tudo? Lidarei com a questão da praça imediatamente e amanhã falarei com o Conselho sobre todos esses rumores. Pelo amor de todos os poderes do Universo, não posso deixar este lugar por dez dias!

O Rei Loch foi até a Praça Bumblebee para falar com todos os magos e garantir-lhes que resolveria todos os problemas assim que pudesse. Reclamaram de Leechy e ele teve de deixar todos calmos, explicando que ela era nova e ainda não estava totalmente integrada à comunidade.

Depois foi para sua serralheria e trabalhou em algumas grades para a praça antes de voltar ao palácio. Uma parte dele queria tomar uma decisão imediata sobre Leechy e solucionar esse caso de uma vez por todas. Mas a outra parte sabia que era melhor pedir a opinião do Conselho, independentemente de quão desconfortável estivesse se sentindo sobre convocar as corujas de novo e pela mesma razão.

— Eu sinto muitíssimo incomodá-los de novo — ele disse, assim que o Conselho se posicionou para ouvir.

— Sente muito? Você é o rei. Estamos aqui para ajudar com qualquer coisa a qualquer hora do dia ou da noite. Não precisa pedir desculpas, nos convoque sempre que sentir a necessidade — disse Stool.

— Obrigado, mas, mesmo assim... Eu já deveria conseguir ver as coisas com mais clareza. Essa fada é uma benção ou uma maldição para o reino?

— Não, você não deveria. É um problema complexo e estamos felizes que você tenha vindo até nós antes de tomar qualquer decisão — Prafiev o acalmou. — Temos discutido a questão e é difícil ter 100% de certeza sobre qualquer coisa. Tem alguma nova informação?

— Só muitos boatos. Contudo, a maior parte deles se encaixa naquilo sobre o que disseram que eu deveria ficar atento, como, por exemplo, entrar em contato com pessoas de Yot. Mas não tenho certeza disso e não posso agir com base em rumores.

— Não, não pode. O que você pode fazer é mantê-la sob vigilância atenta, de preferência por alguém por quem você ponha a mão no fogo. Se ainda receber essas informações, aí você age e a expulsa do reino — aconselhou Bölcs.

— Certo, precisarei colocar o Hoodie para fazer isso. Ele é meu agente mais confiável. Sua falta será sentida no palácio, mas, pelo que estou vendo, é a melhor opção. Obrigado mais uma vez e tenham certeza de que provavelmente vou incomodá-los de novo num futuro próximo.

— Você é o rei, nunca incomoda, estamos aqui para servi-lo — enfatizou novamente Stool.

Era meio da noite quando o Rei Loch deixou o Conselho, e por isso sabia que Hoodie estaria no Pan Tang's tomando uma cerveja. Ele odiava se intrometer no momento de lazer de seu fiel escudeiro, mas, na sua cabeça, essa era uma situação urgente. Assim que entrou no local lotado, todos fizeram silêncio. O Rei Loch aparecer por lá era muito raro e todos pararam o que estavam fazendo só para vê-lo passar. Ele balançou a cabeça positivamente para todos, mas o olhar hipnotizado de seus súditos não o constrangeu, já que tinha questões mais urgentes em suas mãos.

— Hoodie — ele chamou assim que o viu, jogando dardos nos fundos. — Desculpe incomodá-lo aqui, mas precisava falar com você.

— Nossa, eu sequer me lembro da última vez que você veio aqui. Logo, imagino que seja algo importante...

— Rei Loch! — uma voz por trás deles gritou. — Há quanto tempo! Por que não tomamos uma cerveja juntos?

— Mothar! Legal ver você! Não há nada que eu queira mais do que tomar uma cerveja com você; aliás, falei com o Hoodie sobre isso outro dia, mas preciso dele agora e não posso. Mas, assim que eu resolver os problemas mais urgentes de Baloo, tomaremos uma cerveja juntos aqui. Dou a minha palavra.

O mago apenas aquiesceu. Hoodie sugeriu ao rei que fossem ao pátio dos fundos, embaixo dos archotes.

— Hoodie, preciso que vigie Leechy vinte e quatro horas por dia, sete dias por semana. Falei com o Conselho e eles também têm dúvidas sobre tudo, mas me aconselharam a observá-la mais de perto. De agora em diante, está dispensado de todas as suas tarefas, esse é seu único trabalho. Entendeu?

— Sim, mas o que posso fazer à noite?

— Você conhece alguém em quem confie 100% na estalagem?

— Claro, posso confiar no Ulf e ele é o dono.

— Ótimo. Peça a ele que fique de ouvidos abertos com o que acontece por trás das portas do quarto dela. Agora volte para o seu jogo de dardos, pode começar amanhã.

O rei saiu pelo pátio, em vez de cruzar o bar inteiro novamente, e Hoodie voltou para dentro. Mothar estava curioso.

— Cadê o Loch?

— Foi pelo pátio. Acha que a presença dele aqui intimida os clientes, então permanece o mínimo possível.

— Ele está com problemas?

— A mesma coisa da outra vez que falei com você...

— A ajudante dele? É aquela fada, né? Pois é, no dia em que ela foi dar uma volta pela Praça Bumblebee, suas atitudes não renderam os melhores resultados. Ela é mesmo arrogante.

— Me conte algo que eu não saiba — disse Hoodie, com ironia.

— Na verdade, eu posso fazer isso. Ela não é só arrogante... Você conhece a Luriant, a feiticeira que vive nos limites do reino, perto do velho Salgueiro?

— Sim, claro, é tão velha que mal sai de sua casa. Dizem que é muito poderosa.

— Na verdade, é poderosa e bem sensitiva. Ela estava aqui no dia em que a fada veio à Praça Bumblebee. Foi a primeiríssima vez que toda nossa população pôde vê-la. Ninguém entendeu direito o que estava fazendo aqui, então fui até ela e perguntei.

— E?

— Disse que sentira arrepios e ânsias como nunca, como se algo muito ruim estivesse sugando toda a energia dela. Achou que era um espírito maligno dentro da casa e saiu. Mas, logo que partiu, não só a sensação não passou como piorou. Quanto mais perto chegava do centro do reino, pior se sentia. Na verdade, me contou a história se agarrando nas grades que circundam a praça, quase desmaiando. Fui ajudá-la a se levantar e, quando ficou de pé, viu a fada e soltou um guincho.

— Um guincho?!

— Sim, e aí começou a gritar: "É ela, essa é a razão de eu estar doente. É ela. Ela é má, é o mal encarnado! Ela é um inseto que precisa ser esmagado, está disfarçada de fada. É uma bruxa!". Levei-a para tomar água e se acalmar, mas ela não conseguia parar de gritar. A fada ficou lá onde estava, impassível, não disse nada e o resto da população não se importou também.

— E você não achou que seria importante me contar essa história logo que aconteceu? — Hoodie repreendia Mothar.

— Hoodie, seja razoável, ninguém achou que era sério. Como você pode levar a sério uma mulher que nunca ninguém havia visto? Todos entenderam como divagações de uma velha encovada. Eu ainda acho que ela é maluca. Quando a levei de volta, estava catatônica, deixei-a em uma cadeira de palha em sua casa e não tive mais notícias depois disso. Só estou contando porque você pediu por algo que não soubesse sobre Leechy, mas, volto a dizer, não acho que nada disso faça sentido.

— Honestamente? Eu não sei. Vou contar sobre isso ao Rei Loch e ele possivelmente vai querer visitar Luriant. Precaução nunca é demais com alguém tão poderosa e desprezível quanto Leechy.

— Desprezível? Achei que havia resolvido a crise das romãs.

— Resolveu, mas pelas razões erradas. O que quero dizer é que pensou só no que de bom resultaria para ela se fizesse isso, jamais pensou no bem-estar do povo. Está pouco se lixando. Luriant pode estar delirando, mas tenho certeza de que tem alguma coisa errada com essa fada e vale a pena investigar.

Assim que terminou de falar, Hoodie se levantou para voltar ao palácio. Sua cabeça estava feita sobre o que fazer no dia seguinte: iria falar com o rei e pedir a ele para ambos irem até o Conselho das Corujas contar sobre os eventos na Praça Bumblebee. Todavia, independentemente da posição do Conselho, achava que uma visita a Luriant não faria mal algum.

De manhã, o rei não estava no palácio quando Hoodie foi falar com ele, estava na serralheria, soldando lanças para o exército do reino.

— Hoodie, bom dia! Ficou muito tempo ainda no Pan Tang's ontem?

— Não muito, mas o bastante para ouvir algo que precisa saber — o rosto de Hoodie estava carrancudo, muito diferente do habitual.

— O que é? Não estou gostando da sua cara.

Hoodie contou a história de Luriant. O rei ouviu o ajudante com calma e, quando terminou, ele já havia se decidido.

— Vamos visitá-la.

— E o Conselho das Corujas? Não deveríamos consultá-lo antes?

— A minha opinião é que isso é um problema urgente, vamos falar com Luriant e podemos dar ao Conselho nossa impressão completa.

— Você é o rei — disse Hoodie, abrindo seus braços pequeninos e abaixando sua pequenina cabeça, levemente inclinada para direita em um gesto clássico de "você é quem sabe".

Hoodie e o Rei Loch deixaram a serralheria e foram em direção aos limites do reino, onde Luriant morava. Era um dia quente e limpo em Baloo, mas tanto o rei quanto seu ajudante tinham uma nuvem carregada sobre a cabeça.

Andando poucos metros após passarem o Salgueiro, chegaram à casa. Era pequena e de madeira cinza com um telhado de quatro águas e uma chaminé. Parecia uma casa de bonecas abandonada. No jardim, um espantalho esfarrapado e terra morta. Um gordo gato magenta dormia à porta, quando o rei bateu.

— Quem é? — uma voz fina e rouca respondeu de dentro.

— Sua majestade, o Rei Loch de Baloo, está aqui para vê-la, Srta. Luriant. — disse Hoodie. A não ser que fosse absolutamente necessário, Loch odiava ser anunciado e dizer que era o rei, porque achava ser pura bazófia.

— Entre, estou esperando você. E é bem-vindo também, duendinho.

Hoodie e o rei se entreolharam e ficaram abismados. A feiticeira era realmente poderosa. Como era possível que já estivesse esperando o rei e soubesse que ele estava com um duende?

Entraram na casa e sentaram-se nas cadeiras de palha. A casa era desprovida de qualquer ornamento e com certeza precisava de uma limpeza. Teias de aranha estavam por todo lado e o lugar fedia a xixi de gato e poções recentemente vencidas; além das duas cadeiras, havia um sofá marrom, cheio de pó e buracos, e uma lareira suja, com pedaços de lixo dentro.

Trinta segundos depois que se sentaram, Luriant apareceu. Andando devagar e se escorando nas paredes, a feiticeira não era apenas bastante velha, mas estava visivelmente doente. Seus cabelos longos e grisalhos estavam caindo, não havia mais espaço para rugas e seus olhos verdes pareciam estar enterrados no fundo de seu rosto. Usava um vestido branco encardido que cobria todo seu corpo. Hoodie e o rei se levantaram para cumprimentá-la, mas ela acenou para que ficassem à vontade e se sentou no sofá.

— Eu sei por que estão aqui — ela disse, com uma voz frágil. — Estou surpresa que demoraram tanto.

— Só soubemos dos acontecimentos ontem, Srta. Luriant. Vim o mais rápido que pude — disse o Rei Loch.

— Pare com esse negócio de senhorita. Me chame de Luriant. Você quer mais detalhes sobre aquela bruxa em pele de fada. Quer saber tudo sobre ela, para tirar suas próprias conclusões.

— Sim, é isso mesmo. É que, você deve entender que é difícil compreender algo assim sem uma explicação mais detalhada. Ela salvou mesmo a nossa safra de romãs mágicas, não consigo acreditar que o mal encarnado faria isso — falou o Rei Loch, tentando ser respeitoso.

— Entendo suas dúvidas e vou esclarecer tudo para você. Está lidando com um inimigo poderoso e, mesmo que a expulse do reino, após o que estou prestes a lhe contar, precisará se preparar para a guerra.

— Guerra?

— Você acha que se livrará dela com facilidade? Ela pode ir embora com o rabinho entre as pernas, mas voltará mais forte do que nunca para atacar

Baloo. É melhor estar preparado — ela se empolgava. Parecia que algo tinha apertado um interruptor dentro de seu corpo e estava ligada agora.

— Mas, quem é ela de verdade? — perguntou um intrigado Hoodie. — Por que ninguém notou o mal dentro dela desde o início?

— Ela é o que se chama de bruxa anã. Tenho informações detalhadas sobre esses seres em meus velhos livros, mas posso dar-lhes uma visão geral agora mesmo. São seres poderosos. Tão poderosos que conseguem fazer todos acharem que são puro mito, mas não são.

— E que outras evidências da existência deles e do mal que podem causar você pode nos mostrar? — o Rei Loch se interessava mais a cada minuto.

— Em primeiro lugar, eles têm uma habilidade assustadora de influenciar os pensamentos daqueles com mentes fracas. Há muitas, muitas luas atrás, quando eu ainda era uma aprendiz de feiticeira, encontrei um jovem mago, mais ou menos da minha idade, chamado Blazoner. Era poderoso e criativo, mas tinha uma mente frágil. Um dia, ele decidiu explorar outros reinos além de Baloo e todos avisaram para tomar cuidado. Mesmo com todo seu poder, seus pensamentos eram facilmente lidos e ele poderia cair em uma armadilha. Não voltou por vinte anos e, quando voltou, ele não era mais Blazoner...

— Era Lord Coater — completou Loch.

— Exatamente.

— E você acha que quem o fez se tornar Lord Coater foi uma bruxa anã?

— Eu não *acho*. Eu *sei*. Depois que você derrotou Lord Coater, eu fiz questão de viajar até Anteria e ver o que poderia ter transformado Blazoner em Lord Coater. Eu sabia que ele tinha uma cabeça fraca, mas tornar-se um assassino violento e implacável contra seu próprio reino já era demais; devia haver alguma coisa poderosa por trás disso. — Ela fez uma pausa para recuperar o fôlego.

— E por que nunca ficamos sabendo de tudo isso? — inquiriu um perplexo e indignado Hoodie.

— Porque, quando voltei, cometi um erro enorme. Deixem-me continuar e vocês entenderão...

Hoodie e o Rei Loch concordaram.

— Assim que cheguei a Anteria, me senti doente. Era como se alguém tivesse injetado bactérias nocivas por todo meu corpo. Daí, lembrei-me de minha mãe contando que nossa família possui um tipo raro de enzima no sangue, que detecta a presença de mal extremo e nos deixa doentes. Eu era bem mais jovem na época e, apesar de estar me sentindo mal, consegui continuar andando e investigando pelas ruas vazias. Lord Coater havia deixado o reino em estado de penúria, tudo estava em ruínas. A maioria da população havia fugido para outros reinos. Olhava alguns detritos em um lugar que parecia ter sido um belo parque, quando vi uma varinha no chão. Peguei-a nas mãos e me senti ainda pior, então a joguei no chão de novo, mas fiquei intrigada, queria estudar aquela varinha. Achei dois pedaços de ferro jogados ali por perto e, com um feitiço simples, fiz uma pinça para pegar a varinha e trazê-la para casa. Quando cheguei aqui, preparei meu caldeirão com substâncias que me permitiriam rastrear as origens daquele objeto. Após algumas análises e pesquisas feitas no livro de feitiços antigos e seres mágicos da minha mãe, concluí que pertencera há um tipo raro de ser: uma bruxa anã. Elas têm como características: serem pequeninas como uma muda de árvore, implacáveis, cruéis, poderosas e desonestas; podem facilmente controlar a mente dos menos preparados e amam ouro ou qualquer coisa relacionada à riqueza acima de tudo. Têm algo que as faz ainda mais perigosas do que qualquer tipo de bruxa: podem se disfarçar de fadas devido a seu tamanho diminuto. Porém, todos os relatos diziam que elas eram supostamente puro mito. Mas, depois do que aconteceu com Blazoner, concluí que uma dessas havia se apoderado dele e o transformado em Lord Coater para usá-lo na pilhagem de Baloo. Todavia, quando a invasão deu errado, fugiu e nunca mais foi vista de novo. E foi aí que cometi um erro.

— Qual? — perguntou um bastante curioso Rei Loch.

— Eu devia ter avisado você do que descobri e o aconselhado a fazer buscas nos reinos mais próximos. Eu poderia ter ajudado. Se tivéssemos vasculhado Yot, eu a teria achado.

— Tenha calma, Luriant, não é culpa sua. Eu não sei como reagiria se me fosse pedido que fizesse uma busca atrás de algo que era supostamente mito puro. O fato é que agora sabemos que existe mesmo e temos de lidar com isso.

— Só mais uma pergunta: você acha que a bruxa anã que enfeitiçou Blazoner era Leechy? — perguntou Hoodie.

— Não tenho certeza disso, mas, provavelmente, não. Ela é muito jovem para ter sido tão poderosa àquela época. Mas não tenho dúvidas de que ela descende de quem o enfeitiçou.

— E como sugere que abordemos isso? E quais as reais intenções dela? — a mente do Rei Loch já começava a esquematizar algo.

— A intenção real dela é obviamente tentar tomar Baloo. Mas é um projeto em longo prazo, ela não consegue fazer isso sozinha, então precisará de muita ajuda. Por um lado, isso é bom, porque nos dá tempo de agir corretamente; mas é ruim porque os poderes dela crescem a cada minuto.

— Mas qual o primeiro passo que devemos dar?

— Você deve demiti-la. Mande-a para fora do palácio. Dê uma desculpa do tipo "O povo do reino está reclamando de você" ou algo assim. Você terá de expulsá-la do reino também, mas meu palpite é que talvez ela vá embora por vontade própria. E depois nos prepararemos para sua volta, que será com força.

— Você não acha que, no momento da demissão, ela vai perceber que nós descobrimos tudo sobre ela? Se ela é poderosa assim...

— Não importa. Ela provavelmente está sentindo agora que há algo errado. De novo, o mais importante para nós é que estejamos prontos quando ela voltar para nos destruir. Mas, assim que ela deixar o reino, já vou me sentir melhor e poderei ajudar vocês.

— Bem, obrigado, Luriant. Foi deveras esclarecedor. Se há algo, qualquer coisa mesmo, que eu possa fazer, por favor, não hesite em pedir. Estarei eternamente em dívida com você.

— O prazer é meu, mas guarde os agradecimentos para quando finalmente a destruirmos. Isso está longe de terminar, é apenas o começo.

— Agora vamos indo — disse Hoodie, levantando-se. — Se tivermos de fazer isso, faremos. Voltaremos a falar com você o mais rápido possível.

Hoodie e o Rei Loch deixaram a casa de Luriant e voltaram ao palácio. Pelo caminho, conversaram muito pouco e a preocupação estava clara no rosto deles.

— Como você vai fazer isso? — perguntou o duende.

— Ainda não sei. Primeiro, acho que vou convocar o Conselho de novo e contar-lhes sobre o que ouvimos aqui. Vejamos o que eles têm a dizer.

— E se eles o aconselharem contra a demissão e a expulsão dela do palácio?

— Isso eu já decidi e é o que vou fazer. Só quero saber o que eles acham, porque é importante para mim, pessoalmente. Nós nos gostamos e nos respeitamos muito, não faria nada sem avisá-los antes. Além do mais, provavelmente eles têm uma boa ideia de como devemos nos preparar para a batalha que virá depois.

Assim que chegaram ao palácio, o Rei Loch convocou o Conselho. Quando as Corujas tomaram suas posições, sabiam que o rei estava com a cabeça cheia. Essa não era uma convocação para conselhos como outra qualquer, havia algo enorme em jogo.

O Rei Loch contou tudo o que Luriant relatou a ele e Hoodie. O Conselho ouviu atentamente e, quando o rei terminou, Stool disse:

— Acho que posso falar com tranquilidade por todos aqui: você deve ir em frente com a demissão dela. No entanto, é claro que você sabe que não entramos em guerra desde aquela que lhe rendeu o trono. E, mesmo assim, naquele caso era inevitável. Não somos um reino belicoso, nunca fomos. Será difícil preparar Baloo para a guerra de novo, especialmente se o inimigo for tão poderoso como você diz. Precisaremos de toda a ajuda e todo o poder de liderança possíveis.

— Estou pronto para isso, mas também preciso de sugestões sobre como nos preparar para a guerra.

— Treine o povo para atacar — falou Bölcs. — Acho que essa é a melhor estratégia. Leechy não estará pronta para isso. A expectativa dela é que nós nos defendamos deles, nunca que os ataquemos e iniciemos a batalha. Teríamos um enorme fator surpresa ao nosso lado.

Todas as outras corujas viraram-se para ele e o aplaudiram.

— É uma grande ideia — exultou Tanary. — E ainda bem que você apareceu com ela porque, sinceramente, acho que nenhum de nós aqui pensou nisso. — Todas as outras corujas e o Rei Loch balançaram a cabeça positivamente.

— Agora que você falou, eu me lembrei: tenho uma dúvida. Por que não posso ir até ela e simplesmente matá-la?

— Um ser poderoso e maléfico como esse? Eu não acho que seja tão simples assim — preveniu Maroon. — Para falar a verdade, não acho que qualquer um de nós saiba o que é preciso para acabar com ela. É provável que tenha de perguntar a Luriant, mas tenho certeza de que não é só com feitiços ou em um confronto mano a mano que você conseguirá eliminá-la. Com certeza, é mais complexo do que isso.

— Isso foi tudo premeditado, Rei Loch — continuou Prafiev. — Ela sabe que não pode simplesmente ser morta por você, tem total consciência de seus poderes, como você bem sabe. Só espera a demissão vir de você para começar a colocar o segundo estágio do plano dela em prática. Já tinha previsto tudo. Veio até aqui, conseguiu um emprego no palácio, fingiu ser uma fada boazinha quando resolveu a crise das romãs, que começo a achar que foi causada por ela lá de fora, para que pudesse vir aqui e se tornar uma heroína, estudou o reino inteiro e agora está pronta para atacar. Porém, como disse Bölcs, não espera ser atacada, e essa será nossa vantagem.

— Acha mesmo que ela causou a crise das romãs?

— Você duvida? Quantas vezes tivemos uma crise como essa antes? Não é coincidência demais que nós tenhamos uma exatamente quando ela está aqui, sabendo o que sabemos agora?

— Tem razão. Nossa! Ela é realmente má e ardilosa, mas por que simplesmente não se demite e nos ataca? Por que esperar a demissão vinda de mim?

— Porque, na cabeça dela, se pedir demissão, você irá suspeitar. Se for uma demissão vinda de você, provavelmente achará que, na sua cabeça, ela vai simplesmente desaparecer, e assim poderá lançar um ataque surpresa e letal sobre nós. Lembre-se: ela não imagina que você já sabe quem ela é de verdade — explicou Mudry.

— E se eu fizer algo maluco e simplesmente não demiti-la?

— Você não pode, porque a situação que ela criou com o povo está se tornando insuportável. Ninguém aguenta olhar para ela — detalhou Spoon. — Sabe que não tem escolha, a não ser a demissão. Se não fizer isso, ela desconfiará de que descobrimos alguma coisa e pode mudar o plano de modo sorrateiro. E não temos como imaginar o que ela pode bolar. Do jeito que está, podemos nos preparar. Logo, deve seguir com a dispensa para que ache que o plano dela funcionou.

— Certo, irei em frente com a demissão. Mas ela também precisará ser convencida de que não pode ficar dentro dos limites do reino, se não for embora por vontade própria. Alguma ideia de como vou fazer isso?

— Você é o rei. Diga que não está apenas demitida, está expulsa de Baloo. Não precisa explicar nada. E, como dissemos, ela está à espera disso. Vai fazer um escândalo, xingar, ameaçar, mas está esperando. É tudo parte do plano maior dela — explicou Maroon.

— Vamos começar a agir, então. Obrigado a todos, mais uma vez. Amanhã é o dia da demissão e expulsão de Leechy. Vocês e todos os outros, comecem a se preparar para o que pode ser uma árdua batalha. Acham que ela conseguirá formar um exército poderoso?

— Não tenho dúvidas, já está fazendo isso. Mas estaremos prontos, Rei Loch, confie em nós — assegurou Mudry.

O Rei Loch apenas assentiu e, quando saiu da sala do Conselho, encontrou-se com Hoodie.

— E então? — perguntou o pequenino amigo.

— Vou demiti-la e expulsá-la.

— Você quer que eu esteja na sala do trono amanhã, quando for fazer isso?

— Não, vou fazer isso sozinho. Vá até a casa de Luriant novamente e peça a ela, por favor, que venha ao palácio à noite. Quero perguntar mais sobre a história das bruxas anãs e a melhor maneira de matá-las. Agora, vá dormir um pouco. Amanhã temos um dia decisivo.

No dia seguinte, o sol lançava apenas uma luz frágil e trêmula sobre Baloo. O tempo estava fechado, nuvens negras se juntavam no céu. Parecia até que a natureza também se preparava para os dias obscuros que viriam pela frente. Leechy ainda não se encontrava no castelo, então o Rei Loch ordenou que dois de seus anões fossem até a estalagem para chamar e trazer a fada até ele. Hoodie já estava a caminho da casa de Luriant.

Os anões do rei chegaram ao Diamante Rouge e encontraram Leechy tomando café da manhã sozinha, enquanto murmurava. Um dos anões disse:

— Srta. Leechy, o rei quer vê-la agora mesmo.

— Ainda não é minha hora de trabalhar. Se ele quisesse que eu chegasse mais cedo, que tivesse me compensado financeiramente ontem. Ele vai ter de esperar — ela disse, sem nem levantar os olhos de seu prato.

— Ele disse que é urgente.

Ela levantou o rosto, fez uma careta horrível e disse com escárnio:

— Certo, irei, mas é melhor que ele esteja pronto para me pagar assim que eu chegar — levantou-se e seguiu com os anões em direção ao palácio.

Ao chegar lá, foi direto à sala do trono. Encontrou o Rei Loch com sua cabeça erguida, sereno, com olhos penetrantes.

— Olá, Srta. Leechy — disse de modo seco.

— Olha aqui, cheguei cedo. Então, você terá de me pagar mais este mês...

— Cale a boca! — disse com uma voz grave que demonstrava, ao mesmo tempo, irritação e autoridade.

— O quê? — respondeu atônita, sem acreditar no que acabara de ouvir.

— Eu disse cale a boca! Não vou pagar mais nem menos. Nunca mais vou pagar você, está despedida!

— Como é? Acho que não entendi. Você disse que estou despedida?

— O que foi? Você é surda? Foi o que eu disse. E tem mais: pegue sua atitude de fadinha e suma de Baloo agora. Não pode mais ficar aqui.

— Com base em quê?

— Em sua arrogância. Ninguém aguenta você no palácio e por todo o reino. É insuportável, egoísta, gosta de contar vantagem. É eficiente e talentosa, sem dúvida, mas sua atitude é deplorável. Não vale a pena ter você por aqui. Caia fora! — o Rei Loch sabia, por suas conversas com o Conselho, que isso era o que ela esperava ouvir, mesmo assim era bom dizer a ela tudo o que ele queria.

— Você tem alguma noção do que está fazendo? Não faz ideia do que sou capaz — ela contra-atacou, agindo como se não estivesse delirando de alegria por dentro.

— Não passa de uma fada. Uma do tipo fenomenalmente talentosa, mas, mesmo assim, apenas uma fada. Não pode fazer nada que ameace a mim ou Baloo — o rei aumentou o tom, também sabendo que ela era perigosa de verdade, mas era tudo parte do plano.

— Está bem, eu vou. Mas você vai se arrepender disso e eu vou me certificar de que isso aconteça.

— Meu único arrependimento foi ter a oportunidade de conhecê-la Agora, suma!!!

Leechy grunhiu algo ininteligível, virou-se e deixou o palácio. Passou na estalagem, pegou suas coisas e desapareceu. Ninguém no Diamante Rouge entendeu o que estava acontecendo, mas ficaram felizes ao vê-la partir. Na verdade, a população de Baloo não tinha ideia dos acontecimentos, exceto o rei, Hoodie, o Conselho das Corujas e Luriant, mas Loch estava prestes a se dirigir a eles com um discurso dentro de dois dias.

Enquanto o monarca estava dispensando Leechy, Hoodie foi até a casa de Luriant pedir-lhe que fosse ao palácio à noite, para o rei ter a oportunidade de lhe fazer mais perguntas sobre bruxas anãs e como matá-las.

— Diga a ele que estarei lá — disse Luriant. — Fiz umas pesquisas e falei com alguns feiticeiros de outros reinos. Sei tudo sobre elas agora, incluindo o melhor modo de eliminação. Já aviso que não será agradável, mas será definitivo. Uma vez morta da maneira como deve ser feito, não haverá mais bruxas anãs.

Hoodie saiu e foi dar a notícia ao rei. Mas, antes, ele estava morrendo de curiosidade sobre outra coisa.

— E aí, como foi?

— Exatamente como o Conselho havia imaginado. Ela ameaçou, xingou, tentou parecer que não estava esperando. Mas vou lhe dizer uma coisa: foi uma sensação tão boa falar todas aquelas coisas, mesmo sabendo que ela planejara tudo. Foi como uma higiene mental. E a Luriant?

— Eu entendo você completamente em relação a Leechy. Sobre Luriant, ela virá aqui hoje à noite e com boas notícias.

— Ótimo. Depois de falarmos com ela, devemos levá-la para ver o Conselho. Então, todos nós devemos pensar numa maneira de dizer ao nosso povo como vamos enfrentar isso. Precisarei de toda a ajuda possível para descobrir um jeito de contar a todos sem causar pânico generalizado.

— Não se preocupe, encontraremos um jeito.

Assim que o sol começou a se pôr, Hoodie apareceu na sala do trono com Luriant. Parecia uma entidade totalmente diferente de quando o Rei Loch a vira pela primeira vez. Era a imagem da saúde, com um belo cabelo grisalho azulado e olhos verdes vívidos. Ela foi até o trono determinada e desenvolta, parecendo aliviada.

— Luriant... Nossa! Está ótima! Se eu não soubesse, diria que alguém tentava me enganar se passando por uma versão mais jovem de você.

— Obrigada, Rei Loch. Foi preciso apenas vinte minutos depois que Leechy se foi para que pudesse recuperar minha força. O que me leva à primeira lição da noite: no dia da batalha, vou voar para algum lugar longe, não terei utilidade aqui. A mera presença de uma bruxa anã acaba com meus poderes. Darei toda a assistência que precisar enquanto estiver aqui, mas, quando chegar o dia, não poderei ficar.

— É uma pena, você seria bem útil... Mas isso não é um problema. Agora venha cá, temos outras coisas para resolver primeiro. Preciso que você, Hoodie e o Conselho das Corujas me ajudem a encontrar um jeito de dizer tudo ao povo, sem causar pânico.

O Rei Loch pegou Luriant pela mão e a levou com ele e Hoodie ao Conselho, que estava esperando por eles. Assim que entraram, Stool falou:

— Luriant! Acho que posso falar em nome de todos nós aqui, você está ótima. E obrigado por nos ajudar.

— O prazer é meu.

— Certo! Agora, todos vocês sabem por que estamos aqui. Estou aberto a sugestões — pediu o rei.

— Tenho medo de que você não tenha muita escolha, Loch — disse Bölcs. — Terá de organizar um comício e dizer o que vai acontecer. O que mais pode fazer?

— Tem de haver outra maneira. Se eu organizar um comício e subir no palanque dizendo que estamos prestes a enfrentar uma batalha contra um inimigo poderoso, vai haver pânico geral. Não posso fazer isso.

— Tem razão — concordou Luriant. — Dizer algo assim de uma vez não é bom. Mas podemos tentar fazê-los entender pouco a pouco. Podemos usar o Hoodie aqui.

— Eu?

— Sim, você terá de sair por aí falando com todos os seus contatos no reino, explicando o que vai acontecer. E aí você pede a eles que expliquem para suas famílias e amigos. Então, quando o Rei Loch subir para fazer o discurso no comício, todos vão estar mais ou menos informados.

— Eu concordo — disse Tanary, a coruja desconfiada. — É uma boa ideia. E depois de falar com todos que conseguir, devemos fazer alguns panfletos explicando a situação com mais detalhes e já convocando todos para o comício. Acho que deixará tudo mais tranquilo. Loch, terá de trabalhar muito em novas armas.

— Estou pronto para isso, Tanary, é o que eu já tinha planejado. Bem, acho que isso resolve uma das principais questões. Obrigado de novo ao Conselho. Venha, Luriant, ainda quero falar sobre algumas coisas com você.

O Rei Loch, Hoodie e Luriant saíram da sala do Conselho, mas, em vez de retornarem à sala do trono, o rei os levou à biblioteca. Era mais aconchegante e podiam se sentir mais confortáveis sentados em enormes almofadas, cercados por dezenas de prateleiras lotadas de livros e agradáveis velas cintilantes. O Rei Loch espalhou-se em uma das almofadas e perguntou:

— Há algo em que estava pensando: como vamos saber quando atacar?

— Não vamos atacar. Estaremos prontos para ela quando vier — afirmou Luriant.

— Mas o Conselho disse que teríamos o fator surpresa se atacássemos antes.

— E teríamos, mas atacar bruxas anãs onde elas vivem é suicídio. São poderosas demais em seu hábitat. Esperem e estejam prontos quando ela vier.

— Bem, acho que você sabe bem mais sobre isso do que o Conselho. Vamos esperar. Mas como podemos ter certeza de que estão vindo sem sermos pegos desprevenidos?

— Fiquem atentos às nossas fronteiras, aos unicórnios, cachorros alados e dragões. Quando começarem a ficar inquietos, é porque vem algo além do horizonte. Daí é só uma questão de um ou dois dias. Mas não haverá problema, porque estarão prontos com semanas de antecedência.

— Ótimo. Agora, o que mais você pode me contar sobre bruxas anãs?

— Elas são o resultado de uma estranha mutação que aconteceu em um reino chamado Rhugur. As bruxas de lá foram vítimas de uma doença sanguínea que atrapalhou o crescimento de todas elas. Julgou-se que não estavam aptas a viver em Rhugur e elas sofreram perseguição. Como um recurso para garantir a sobrevivência, desenvolveram a habilidade de se disfarçar de fadas, mas mesmo assim foram descobertas e tiveram de fugir. Espalharam-se por vários outros reinos, mas neles formaram grupos bem fechados. Esses grupos se denominavam Palácios Púrpura do Sofrimento. Foram expulsas de todos os lugares ao serem descobertas, exceto de Yot, onde cresceram, conseguiram tomar o poder, e todos sabemos o resto da história.

— Pois é, e qual você acha que é a situação delas hoje? — perguntou o rei.

— Mesmo antes de Leechy aparecer por aqui, elas já deviam estar assumindo o poder lá de novo. A vinda dela já era parte de um plano de "expansão".

— Expansão?

— Claro, conquistando Baloo não haveria barreiras que as impedissem de conquistar todos.

— Qual é a maior ameaça que os poderes mágicos delas apresentam para nós? — indagou Hoodie.

— Os relatos dão conta de que, ao ser atingido por raios de uma bruxa anã, você sente como se estivesse se afogando em um poço sem fundo de sofrimento. É uma das piores sensações que se pode ter e, no fim, isso leva a uma morte horrorosa. Logo, por favor, tenham cuidado quando chegar a hora.

— Falando nisso, se elas são tão poderosas assim, como podemos matá-las? — indagou o Rei Loch, curioso.

— Essa é a parte boa — respondeu Luriant, com um sorriso sarcástico. — A única maneira de matar uma bruxa anã é cortando a cabeça dela fora com uma lâmina afiada. Pode ser uma espada, um machado, qualquer coisa, desde que bem afiada.

— Quantas virão com Leechy?

— Imagino que umas trezentas. Se estiverem preparados, como tenho certeza de que estarão, apesar de uma batalha dura, deverão vencê-las. Precisam matar todas, mas tenham uma atenção especial com Leechy. Quando vir que estão perdendo, ela tentará fugir. Vocês devem ir atrás dela e cortar sua cabeça, não a deixem escapar. Ela tem o poder de começar tudo de novo, talvez mais poderosa. É essencial que a matem.

— Será um prazer, Luriant. Obrigado por toda a ajuda. Agora vá para casa e descanse bem. Terá de viajar nos próximos dias e precisa estar o mais em forma possível.

— É, você tem razão. Seria maravilhoso poder ajudá-lo, Rei Loch. É uma pena que eu não possa ficar para lutar.

— Você já fez muito mais do que precisava, Luriant. Boas chances de nos vermos após a batalha?

— Com certeza! Assim que souber que acabou, eu volto. Se possível, não deixem minha casa ser destruída, eu não ia gostar de ter de construí-la de novo. Quer dizer, é fácil, posso fazer mágica, mas estou ficando preguiçosa com a idade.

— Farei o que puder para defender sua casa, Luriant. E vou avisar todos sobre isso também. Agora vá... Dá para ver que está cansada.

Luriant virou-se para ir embora, fez um carinho na cabeça de Hoodie e saiu do palácio. Tinha confiança de que seus conselhos seriam seguidos e as bruxas anãs seriam destruídas.

Dentro do palácio, Hoodie perguntou ao rei:

— Alguma coisa que ela falou o deixou preocupado?

— De jeito nenhum, mas tenho muito trabalho a fazer. Na verdade, acho que vou à serralheria agora mesmo. Tenho de construir vários objetos afiados e provavelmente precisarei de ajuda. Acha que consegue sair agora e trazer algumas pessoas com você? É uma boa oportunidade para começar a avisar nossos principais ajudantes. Consegue convencer Mothar a vir?

— Sem dúvida, vou até o Pan Tang's para chamá-lo. Pode ser que ele consiga trazer alguém junto também.

— Ótimo! Vejo você na loja, então.

Tanto Hoodie quanto o rei saíram juntos. O primeiro foi ao pub e o segundo, à serralheria.

Quando chegou ao Pan Tang's, o duende rapidamente viu Mothar jogando dardos e foi direto até ele.

— Hoodie — ele disse. — Vá pegar uma cerveja, vamos jogar uma partida.

— Infelizmente, esta noite não posso. E nem você. Preciso que venha comigo até a serralheria do rei. É uma questão urgente e preciso de sua ajuda e de mais alguém em quem possamos confiar.

— Nossa, você está me assustando. Não é comum você pedir esse tipo de coisa, então acho que é importante. Prescott, venha cá!

— Quem é ele?

— Meu primo. Ele é de Theng, a sudeste de Baloo, e adora o Rei Loch. Disse que gostaria que ele fosse rei de lá também.

Prescott era um jovem mago com longos cabelos loiros e olhos castanho-claros. Era claramente mais jovem do que Mothar e a maioria das pessoas no pub. Poderia haver alguma dúvida sobre a eficiência de sua mágica, mas sua compleição física deixava claro que aguentava lutar por um longo período.

— Prescott, este é Hoodie. Ele é o principal conselheiro do Rei Loch e acaba de me avisar que o rei precisa de ajuda em sua serralheria. Gostaria de ajudá-lo?

— Ajudar o Rei Loch pessoalmente? É claro, agora mesmo!

— Agora, Hoodie, poderia nos dizer o que está acontecendo?

— Eu conto no caminho.

Hoodie, Mothar e Prescott saíram do Pan Tang's para encontrar o rei. Hoodie ia contando a história inteira a eles.

— Bruxas anãs? Sério? Nunca ouvi falar disso, essa é nova. E ela vai nos atacar a qualquer momento e logo? Não me admira que o rei precise de ajuda — disse um preocupado Mothar.

— Sim, devemos estar preparados. E tenho outro trabalho para vocês dois: precisam falar com todos que puderem e avisá-los, mas sem assustá-los. Vamos imprimir uns folhetos amanhã avisando sobre um comício que o rei planeja para preparar o reino oficialmente para a batalha. Amanhã também vou falar com Ulf, no Diamante Rouge, e pedir a ajuda dele. Não sei quantas pessoas seu primo conhece no reino, mas se ele puder ajudar...

— Ele conhece alguns dos magos mais jovens. Isso pode nos auxiliar.

Haviam acabado de chegar à serralheria do rei. Ele forjava espadas, machados e machadinhas com as lâminas mais afiadas que se possa imaginar. Ficou feliz em vê-los.

— Mothar! Ótimo ver você, meu amigo. Hoodie obviamente já lhe contou tudo, imagino.

— Sim, contou. Estou aqui para ajudar com as armas e em qualquer outra coisa que você precise. Isso não é apenas por Baloo, isso é pessoal porque envolve você. Este é meu primo Prescott, de Theng. É um grande fã seu.

— Obrigado, Prescott. Ótimo ter você conosco, precisamos de toda a ajuda possível.

— É uma honra, senhor. Ouvi sobre seus feitos contra Lord Coater. O senhor é uma inspiração.

— Obrigado, obrigado. Agradeço de verdade os elogios. E pare de me chamar de senhor, de agora em diante me chame de Loch. Vamos trabalhar!

O Rei Loch, Hoodie, Mothar e Prescott trabalharam até tarde da noite forjando armas. No dia seguinte, o duende acordou cedo para falar com Ulf na estalagem. Loch também despertou ao alvorecer para começar a preparar o discurso que faria no comício. Mothar e Prescott dormiram um pouco a mais, mas, assim que acordaram, começaram a falar com todos que podiam.

Loch foi para a biblioteca, onde achava ser mais silencioso, e pediu a um dos anões que perguntasse ao Conselho das Corujas quem eles achavam ser o melhor deles em oratória. Mandaram Spoon e Bölcs para ajudá-lo.

Enquanto isso, Hoodie, depois de conversar com Ulf, foi até a máquina tipográfica do palácio — que estava encostada já há algum tempo — e começou a imprimir panfletos que diziam, em letras vermelhas garrafais:

POVO DE BALOO: O REI LOCH FARÁ UM PRONUCIAMENTO A VOCÊS AMANHÃ NA PRAÇA BUMBLEBEE ÀS 10 HORAS DA MANHÃ. TRATA-SE DA MAIOR AMEAÇA QUE O NOSSO REINO JÁ ENFRENTOU. ESTEJAM LÁ E NÃO TENHAM MEDO.

Hoodie imprimiu centenas de panfletos e chamou os anões para ajudá-lo a distribuir e pregar nas paredes. Isso, somado a Mothar, Prescott e Ulf divulgando pelo reino, fez com que todos em Baloo tomassem consciência de que algo grande estava para acontecer, mas ninguém entrou em pânico. O primeiro objetivo do Rei Loch havia sido atingido.

À noite, o rei, Hoodie, Mothar e Prescott voltaram à serralheria para forjar mais armas. Hoodie perguntou ao rei:

— Nervoso por causa de amanhã?

— Nem um pouco. Escrevi o discurso com a ajuda de Stool e Bölcs e está ótimo. As pessoas acreditarão e estaremos prontos.

— Ótimo! — disse Mothar. — Estaremos lá amanhã para assistir e aplaudir.

— Obrigado. Vocês todos podem ir agora, descansem um pouco. Amanhã, após todos ficarem sabendo do que acontece, meu palpite é que a quantidade de pessoas que vai querer forjar armas será tão grande que não vai caber aqui dentro.

No dia seguinte, o Rei Loch acordou cedo, tomou um banho quente e longo, pediu o café da manhã no quarto e vestiu sua melhor roupa. Olhou-se no espelho com confiança e orgulho, pegou a folha de papel com o discurso e desceu até a sala do trono. Toda a *entourage* do palácio, incluindo o Conselho das Corujas, estava lá. Hoodie também vestia sua melhor roupa. Eram 9 horas da manhã e o Rei Loch estava pronto, porque odiava se atrasar. Parecia focado, mas relaxado. Na verdade, muito mais relaxado do que o resto de sua comitiva, o que o levou a dizer a eles:

— Meus amigos, tudo ficará bem. Não se preocupem, nossos súditos entenderão e se unirão em torno do objetivo. Tenho certeza disso.

Todos começaram a sair do palácio em direção à Praça Bumblebee, com exceção do Conselho das Corujas e de Hoodie, que ficaram no palácio com o rei, a pedido dele.

— Vocês fiquem aqui comigo. Vamos subir no palanque juntos para mostrar a todos que não estou lidando com isso sozinho e que vocês são muito importantes.

As seis corujas e Hoodie só podiam concordar e esperaram Loch para se dirigirem ao palanque. Saíram do castelo com o rei à frente e os outros sete logo atrás dele.

Chegaram e subiram os degraus. Quando o rei apareceu, a multidão entrou em erupção. Toda a Baloo estava lá. Ele foi louvado por três minutos antes de conseguir falar. Até mesmo os dragões e unicórnios saíram de seus postos na Ponte do Arco-Íris.

Quando o barulho sossegou, estava prestes a começar e reconheceu Mothar, Prescott e Luriant no meio da multidão.

— Meus queridos amigos, ótimo ver que todos vocês atenderam ao meu chamado. Como muitos já sabem, estamos prestes a encarar um desafio difícil. Fomos vítimas de um inimigo poderoso que se disfarçou para vir aqui e nos espionar. É um adversário tão sórdido que veio até nós com a intenção de ser expulso daqui para iniciar seu processo de invasão. São maus, cruéis, poderosos e perigosos, mas não podem nos vencer! — a multidão delirou. — Não podem porque somos corajosos, amamos nossa terra e faremos o possível para defendê-la. Não podem porque lutaremos juntos, eu e todos do palácio, a vocês. Enquanto falo, temos milhares de armas prontas. Ensinaremos todos a usá-las, treinaremos todos para combate e os protegeremos se precisarem. Agora, não sabemos quando o ataque virá, mas será logo e não temam, porque, mais uma vez, eles não podem nos vencer! Somos melhores que eles, mais fortes do que eles e nossos corações e almas são mais puros e mais poderosos do que os deles. Muito obrigado! — e a multidão soltou outro rugido ensurdecedor.

Hoodie assumiu a palavra e disse:

— Todos agora devem ir até a serralheria e pegar a arma que quiserem: espada, machado ou machadinha. E é obrigatório que peguem um escudo também, porque será muito importante no dia da batalha.

O Conselho das Corujas parabenizou o Rei Loch com apertos de mãos pelo seu discurso e se recolheu de volta ao palácio. O duende e o monarca tiveram de passar pela multidão, que queria apertar a mão do mandatário, para chegar onde Mothar, Prescott e Luriant estavam assistindo ao discurso.

— Estou bem impressionada — disse Luriant. — Você realmente animou-os e os fez acreditar. É um líder nato e não havia a menor dúvida na minha cabeça disso.

— Ainda está aqui, Luriant? Achei que já estivesse longe. Aliás, é melhor você ir, tenho certeza de que as coisas vão ficar feias em pouco tempo.

— Não perderia seu discurso por nada deste mundo, mas tem razão, é melhor me apressar. Boa sorte a todos, vejo vocês quando voltar.

— Maravilhoso, Loch. Meus olhos estavam marejados no final — elogiou Mothar.

— Obrigado, meu amigo. Mas vamos até a loja para dar armas a essas pessoas. Não sei quanto tempo temos para treiná-las a cortar fora a cabeça de uma bruxa anã.

Todos que entravam na loja queriam dar a mão ao Rei Loch e dizer que lutariam por ele até a morte: magos, anões, fadas, feiticeiros e duendes. O rei foi sempre diplomático, agradecendo a todos, dizendo que desejava que ninguém morresse e pedindo-lhes que ficassem de olho nos dragões, unicórnios e cachorros alados na fronteira. Quando começassem a dar sinais de inquietação e agitação, era hora de se preparar para a batalha porque o inimigo estava vindo.

Durante uma semana, o Rei Loch, Hoodie, Mothar e Prescott trabalharam duro. Dividiram todos em quatro grupos para serem treinados dia, tarde e noite. O treinamento era basicamente como usar um escudo do melhor jeito, manejar uma arma e, o mais importante, o movimento correto para decepar uma cabeça.

Outra semana se passou, e outra e mais outra. Quando todos começavam a se sentir complacentes de uma maneira perigosa e um pouco acomodados demais, um anão veio correndo do sul da fronteira.

— Rei Loch, Rei Loch — ele estava ofegante e esbaforido. — Os dragões, unicórnios e cachorros alados estão inquietos e voando sem rumo pelo céu, emitindo guinchos estranhos. Acho que algo está prestes a acontecer.

— O.k., obrigado. — Imediatamente ele convocou Hoodie e pediu a ele que começasse a divulgar pelo reino o fato de que a hora chegara.

Tudo havia sido planejado com perfeição. Em menos de meia hora, o reino parecia abandonado. Todos assumiram suas posições, escondidos em locais estratégicos, com suas armas e escudos.

Em questão de minutos o céu ficou negro. O único som eram os corvos crocitando e os raios espocando. Então, o barulho dos cascos das patas de cavalos foi ouvido cruzando a Ponte do Arco-Íris. Centenas de formas negras e pequenas, com olhos de fogo, começaram a entrar no reino. Era um bando de bruxas anãs, com seus gigantes narizes aquilinos, pernas pequenas e defeituosas, mãos longas e horríveis e unhas imundas.

Começaram a se espalhar pelo reino e, no momento certo, o Rei Loch apenas gritou "Agora!". A população de Baloo cercou as bruxas anãs e foi para cima delas com seus escudos para se protegerem dos raios maléficos. Cada um que se aproximava de uma bruxa a decapitava com uma espada, machado ou machadinha. As bruxas estavam sendo facilmente massacradas.

Subitamente, Loch percebeu uma bruxa fugindo do círculo em direção ao palácio. Ele sabia exatamente quem era.

— Leechy! — ele gritou.

Correu atrás dela, empunhando sua espada. Ela entrou no palácio com o rei perseguindo-a, e um raio quase o acertou, atingindo a parede atrás dele e a destruindo completamente. Leechy estava no teto, atirando raios. Mandou outro, que ele defendeu com seu escudo.

— Desista, Leechy, sua invasão falhou. Achou que tinha nos enganado, mas descobrimos seus estratagemas. Se você sair daqui agora e for para algum lugar de onde seja impossível você voltar, estou disposto a poupar sua vida.

— Eu encaro todos deste reino risível sozinha. Todos vocês juntos não são páreos para mim. Meus poderes vão muito além de seu conhecimento, não conseguirá nem chegar perto de mim.

Nesse momento, Hoodie apareceu à porta do palácio. Leechy mandou um raio que ele defendeu com seu escudo, mas tombou para trás mesmo assim.

— Hoodie, saia daqui! Ela é minha. Não se preocupe comigo, eu posso enfrentá-la.

— Hee, hee, hee — a risada dela tinha o som mais irritante do mundo. — Vou matar você e destruir todos os seus amigos e o seu povo.

O Rei Loch pensou rápido. Percebeu que, se pudesse chegar próximo de Leechy lá no teto, talvez conseguisse defender seus raios e direcioná-los para acertar o topo da parede ligado ao telhado e atingi-la por trás. Enquanto voava para o topo, ela lançou tantos raios quanto podia, e ele defendeu com a destreza do grande mago e guerreiro que era. Quando chegou ao ponto mais alto, seu plano deu certo. Leechy disparou outro raio e ele conseguiu desviá-lo e direcioná-lo para a junção da parede com o teto, logo atrás dela. O raio destruiu boa parte da parede e da cobertura, mas atingiu a bruxa nas costas e ela caiu no chão.

Rapidamente, o Rei Loch desceu e se aproximou com sua espada.

— Por favor, por favor, me perdoe. Não me mate, você tem de entender, eu tenho potencial para ser boa, só perdi a cabeça.

— Você perdeu sua cabeça? Péssima escolha de palavras — e então, com um golpe rápido e preciso, ele a decapitou, fazendo sua cabeça rolar pelo chão.

O Rei Loch abaixou-se e pegou o crânio em suas mãos, colocando-o debaixo do braço. Assim que saiu pela porta, encarou provavelmente toda a população de Baloo olhando para ele com Hoodie, Mothar e Prescott à frente deles, fazendo uma barricada.

— Queriam ajudar você — explicou Hoodie. — Nós não deixamos.

— Fizeram muito bem. Ela os teria massacrado e teríamos uma tragédia de verdade com a qual lidar. Quantos perdemos?

— Apenas duas fadas e um anão, Loch — respondeu um orgulhoso Prescott.

— Descubra como se chamavam. Serão nomes de três árvores no reino.

E depois desse breve diálogo, o rei virou-se para seu povo, levantou a cabeça de Leechy, segurando-a pelos cabelos, e bradou:

— Como prometi a vocês antes, não podem nos vencer! — A multidão foi à loucura. Até mesmo as corujas do Conselho, que estavam escondidas em um aposento secreto no palácio, porque não serviam para a luta, piaram alegres.

Mothar disse:

— Salve o Rei Loch!

— Salve! — o reino respondeu em uníssono.

Loch sentia-se um pouco constrangido com essas demonstrações públicas de admiração por ele, mas achou que merecia o carinho, depois do que acabara de acontecer.

À noite, uma enorme festa foi realizada na Praça Bumblebee com a presença de todos, inclusive de Luriant, que havia retornado.

O rei foi falar com ela.

— Jamais conseguiríamos sem você. Seus conselhos foram precisos. Obrigado em nome de toda Baloo.

— Foi um prazer, após todos esses anos, poder ajudar nosso reino.

A equipe do Pan Tang's forneceu cerveja gratuita e os anões do Diamante Rouge cozinharam para todos. A festa continuou até o sol aparecer na Ponte do Arco-Íris.

HEY HEY CLUB:
A HISTÓRIA DE "BIG COUSIN" JAMES E CHUCK STUMP

O bar de esportes no lobby do hotel Hyatt estava vazio. Era uma tarde de quarta-feira agradável no inverno do sul da Califórnia. Dois homens entraram e se sentaram em uma mesa de onde se via a entrada da bela marina de San Diego.

O garçom foi até eles.

— Os senhores gostariam de beber alguma coisa?

— Sim, quero uma Coca-Cola — disse o primeiro.

— Pode ser Pepsi?

— Não, me traga uma Sierra Mist, então.

— Que cerveja você tem em garrafa?

— Budweiser, Bud Lite, Miller, Corona, Sierra Nevada, Lagunitas IPA, Dogfish Head Indian Brown Ale.

— Quero uma Dogfish Head. E traga um copo, por favor.

O garçom anotou os pedidos em seu bloquinho. Ambos eram jovens e brancos. Um deles usava óculos e uma bolsa carteiro, e o outro mexia em uma câmera. O vento soprava forte nas árvores. Do outro lado do balcão, o barman checava se havia acabado o Jose Cuervo.

— O que sua fonte diz? — perguntou o homem que mexia na câmera.

— Foram vistos pela última vez aqui em San Diego há duas semanas e tinham uma aparência incrivelmente jovem.

— Eu ainda tenho dúvidas se tudo isso é verdade mesmo.

— É claro que é, Tim — respondeu o homem de óculos, empolgado. — Foram anos de pesquisa e investigação.

— Eu sei, Maurice, e nós checamos duas vezes tudo o que temos — afirmou Tim. — Mas você já parou para pensar em como tudo isso é insano?

— Sim, e é por isso que ficaremos famosos em todo o país, talvez no mundo, com essa história. Provavelmente escreverão livros sobre nós no futuro.

— Isso é verdade...

— Sem falar no jornal. Todos irão conhecer o *The Southernmost Ark*, de Junction City, Arkansas — disse em tom solene.

O garçom trouxe as bebidas.

— O.k., Sierra Mist para você e a Dogfish Head para você. Decidiram o que vão comer?

— Eu quero o X-Frango — disse Tim. Ele ainda mexia na câmera, ou, mais especificamente, nas lentes. Qualquer um podia ver que o objeto era do tipo profissional e caro. Tim era muito cuidadoso ao manuseá-la.

— Quero o X-Burguer, ao ponto para menos, com queijo prato — disse Maurice, enquanto tirava um laptop de sua bolsa carteiro e olhava a tela. Abriu o Word e começou a revisar algumas notas.

— Você está lendo suas anotações de novo. Tem alguma coisa sobre a qual você não tem certeza? — Tim perguntou.

— Não, só o nome do clube de onde o dono me mandou um e-mail. Eu não lembro exatamente — disse Maurice.

— Acho que se chamava Dizzy.

— É, isso mesmo! Eu tinha me esquecido.

— Você acha que devemos ir até lá e perguntar por eles?

— Não, provavelmente não podem nos ajudar e também estou meio receoso de que, se descobrirem que há pessoas procurando por eles, nossos alvos possam ficar assustados.

— Verdade.

— É melhor irmos até lá para ver se aparecem de novo. Provavelmente, não estão muito diferentes do que nas fotos que temos.

— Se tudo o que pesquisamos é verdade mesmo... O que talvez não seja.

— Eu não quero me meter... — o garçom falou. — Mas ouvi de passagem vocês dizendo que estão procurando alguém. Talvez eu possa ajudar, sou muito bom em encontrar pessoas.

— É mesmo? — perguntou Maurice.

— Sim, senhor.

— E o que faz de você tão bom nisso?

— Trabalhei no programa de pessoas perdidas do Exército da Salvação por três anos.

— Isso é interessante mesmo — comentou Tim. — Não é, Maurice?

— Sim. Mas significa que teremos de contar nosso segredo — olhou para o jovem que o servia e para o outro, no bar. — Os dois garotos prometem guardar segredo?

— Sim — ambos responderam juntos.

— Estamos mesmo procurando duas pessoas. Duas pessoas que deveriam estar mortas há um longo tempo.

— Mas temos informação e dados que provam que não estão — completou Tim.

O garçom foi para a cozinha por um momento para pegar o X-Frango e o X-Burguer deles. Trouxe outra Dogfish Head para Maurice, outra Sierra Mist para Tim e ficou ao lado da mesa.

— Você poderia dar mais detalhes? O que você quer dizer com "duas pessoas que deveriam estar mortas há um longo tempo"? — ele perguntou a Maurice.

— Exatamente o que você ouviu.

— E ninguém mais sabe que eles estão vivos?

— Ninguém acredita, é diferente — disse Tim. Ele começou a comer o X-Frango. Olhou para Maurice, apreensivo. O jovem olhava para ambos.

— O.k., vamos contar tudo a você — Maurice falou para o rapaz que os atendia.

— Sou todo ouvidos.

— Procuramos dois músicos de jazz: "Big Cousin" James e Chuck Stump.

— É para terem quase 110 anos hoje — disse Tim.

O moço ficou assustado.

— É, eu sei que soa maluco. Mas fizemos muitas pesquisas e descobrimos algo grandioso sobre eles — Maurice revelou.

— Como assim grandioso?

— Traçamos os caminhos deles desde que se conheceram e em um momento da vida descobrimos que eles encontraram algo inimaginável.

— Além dos sonhos mais malucos de qualquer um — Tim completou, enquanto terminava seu sanduíche.

Agora, o outro atendente, que era ainda mais jovem e trabalhava como barman, também ouvia a história de longe. O bar de esportes continuava vazio.

— Venha cá — Maurice chamou-o. — Venha ouvir tudo mais de perto, talvez você também possa nos ajudar.

— Estou bastante curioso — disse ele.

— Então, ouça. Pode começar, Tim.

— Chuck Stump e "Big Cousin" James eram dois músicos de jazz que costumavam frequentar o Hey Hey Club, em Kansas City.

— Quando foi isso? — interrompeu o garçom.

— No início dos anos 1930, na era da Lei Seca. Kansas City era conhecida como a "Paris das Planícies". Charlie Parker ainda era um adolescente na época. Ele é de Kansas City, como é de conhecimento de todos.

— Não do meu.

— Bom, agora é. Enfim... Onde eu estava?

— Kansas City, era da Lei Seca.

— Sim, eles costumavam frequentar o Hey Hey Club e outros clubes da região das ruas 18th & Vine.

— O que eles tocavam?

— Chuck tocava guitarra e "Big Cousin", trompete.

— Eles eram bons?

— É claro que eram! — interrompeu Maurice. — Todo mundo que frequentava esses lugares era bom.

— Pois é, como era bom antigamente — Tim disse a ele. — As coisas não são mais assim... Eu gostaria de uma sobremesa para continuar a história.

— O.k., o que você quer?

— Torta de maçã com sorvete. Mas sorvete de chocolate, não de creme.

O rapaz foi rapidamente para a cozinha e pegou a sobremesa para Tim. Estava ansioso para saber o que havia de tão especial naqueles músicos.

Tim começou a comer sua sobremesa.

— Continue a história, Maurice. — Seu amigo aquiesceu e continuou.

— Uma noite, houve uma confusão dos diabos no clube. Tiros, brigas com faca, tudo que se possa imaginar.

Tim terminava sua sobremesa, ele comera de modo rápido e voraz.

— Maravilhoso. Quer dizer, a sobremesa, a briga no clube deve ter sido horrível.

Maurice continuou:

— Sim, mas o interessante sobre ela é: "Big Cousin" e Chuck saíram ilesos e decidiram deixar Kansas City. As coisas já não aconteciam do jeito como eles gostavam, o dinheiro era escasso e havia gente atrás deles por dívidas de jogo. Esse episódio violento foi a última gota. Pensaram em ir para um lugar do qual ouviram falar em Fulton, no Mississippi: uma famosa encruzilhada, onde você poderia fazer um pacto com o demônio e vender sua alma por fama e dinheiro. Mas eles nunca chegaram até lá.

— Enquanto deixavam Kansas City — Tim falou com um sorriso natural — antes de cruzar a fronteira, na verdade, eles viram algo na mata.

— O que era? — perguntou o garçom.

— Uma fonte. Você sabe que Kansas City é famosa por suas fontes, não sabe?

— Pode ser que tenha visto algo sobre isso no Discovery Channel.

— Bem, enfim, essa estava seca e com os azulejos verdes quebrados e gastos. Os anjos, de onde a água provavelmente jorrou da boca em algum momento quando a fonte funcionava, tinham apenas uma asa. Era diferente de todas as fontes do centro da cidade

— E só isso foi o suficiente para atiçar a curiosidade deles?

— Sim, eles nunca tinham visto uma fonte seca antes em Kansas City: elas estavam sempre funcionando.

Tim tomou outro gole de sua Sierra Mist e limpou a garganta.

— Vamos, nos conte, agora ficamos curiosos — disse o mais novo.

— Preciso ir ao banheiro. Maurice, por favor, termine a história.

— Quando encontraram a fonte, eles ficaram olhando do lado de fora, até que decidiram entrar, afinal era uma fonte sem água, em Kansas City, algo inédito. Obviamente, carregavam seus instrumentos. Nesse momento, a guitarra de Chuck caiu de seus ombros e soltou uma nota. No mesmo instante, eles pensaram ter ouvido barulho de água sob os pés, e "Big Cousin" pensou ter visto uma gota no olho do anjo de uma asa só, mas concluíram ser apenas imaginação deles.

— O.k., depois de responder ao chamado da natureza — Tim voltava do banheiro — estou pronto para continuar.

Maurice sinalizou para que ele seguisse em frente.

— Antes de continuar, me diga uma coisa: qual o seu nome? — ele perguntou ao garçom.

— Oh, desculpe por não ter dito antes. Meu nome é Joe.

— E o meu nome é Ricky.

— Certo, me sinto melhor sabendo o nome de ambos. Enfim, digam-me, Joe e Ricky, vocês acreditam em poderes sobrenaturais, mitos e lendas?

— Você quer dizer espíritos, fantasmas, poltergeists, alienígenas, vodus, magia negra, Chupa-cabra e coisas assim? Não exatamente... — respondeu Joe.

— Nem eu — completou Ricky.

— Eu era tão cético quanto vocês, até começarmos a desenterrar essa história. Certo, Maurice?

— Isso. Não conseguíamos acreditar em todas as provas que fomos juntando.

— Enfim, depois de suspeitar ter visto uma gota de água, "Big Cousin" e Chuck começaram a fazer uma jam dentro da fonte. Vocês conseguem imaginar o que aconteceu?

— Começou a jorrar água do olho do anjo e debaixo deles? — Ricky arriscou.

— Exatamente!

— E foi porque eles estavam fazendo uma jam dentro da fonte? — perguntou Joe.

— Não sabemos exatamente por que a água apareceu, mas parece, sim, ter algo a ver com a música. Mas essa não é a melhor parte — avisou Maurice.

— Temos razões para acreditar que a fonte que eles acharam era a que se tornou conhecida como a Fonte da Juventude — Tim disse de modo taxativo.

— O quê? Você acredita mesmo que esses dois músicos acharam a Fonte da Juventude nos arredores de Kansas City? Vocês estão malucos? — Joe pirou.

— Como eu disse, temos razões para acreditar que foi exatamente isso o que aconteceu. Não iríamos atrás dessa história se não tivéssemos evidências.

— E foi por isso que perguntamos se vocês acreditavam em coisas sem explicação científica — completou Maurice.

— Deixe-me ver se entendi: dois músicos de jazz acharam uma fonte abandonada nos arredores de Kansas City. Começaram uma jam dentro dela e isso fez aparecer água ali. Essa água acabou sendo da Fonte da Juventude, a mesma que a lenda nos diz que Ponce de Leon foi procurar na Flórida. É isso que vocês estão dizendo? — perguntou Ricky.

— É, basicamente — respondeu Tim.

— É por isso que a lenda de Ponce de Leon é apenas isso, uma lenda. A fonte real é essa em Kansas City.

— Me desculpe, mas eu acho um pouco difícil acreditar nisso — disse Joe.

— Totalmente. Ninguém acredita em nós — disse Maurice. — Estamos aqui por nossa conta. Nosso jornal e todos em nossa cidade riram quando decidimos vir atrás disso. Mas vamos provar que estão errados.

— O.k., digamos que, só para continuar esta conversa, eu acredite em vocês. Como chegaram a essa história? Por que têm tanta certeza de que é verdadeira?

— Três anos atrás, fomos para Kansas City para escrever uma matéria especificamente sobre o Hey Hey Club. Enquanto estávamos lá, no lugar em que uma vez esteve o prédio original do clube, um mendigo veio em nossa direção. Perguntou quem éramos e o que estávamos fazendo e nós contamos. Não achei que fosse entender totalmente, mas não vi mal nenhum em contar a ele. De repente, o mendigo começou a fazer um escândalo e dizer que não estávamos contando a história que era importante de verdade: a história de "Big Cousin" James e Chuck Stump. De início, é claro que o ignoramos, mas achamos que seria legal colocar algo sobre ele na matéria, só para deixá-la mais interessante.

— Imaginávamos serem palavras desconexas de um desses mendigos que se vê em todo lugar.

— Mas ele continuava a gritar sobre a história e que devíamos checar os arredores da cidade, a leste dos subúrbios de Blue Springs, antes de a I-70 entrar na estrada rural que sai do Condado de Jackson. Insistia no fato de que a história real estava lá. E então abaixou sua voz e nos contou sobre a briga no clube e como ambos os músicos escaparam e decidiram deixar Kansas City, mas encontraram algo interessante quando saíam da cidade.

— Obviamente não o levamos a sério e, assim que acabamos nosso trabalho, pegamos o carro de volta para o hotel. Perguntamos a três pessoas da equipe do hotel sobre algum tipo de lenda a respeito daquele lugar sobre o qual o mendigo havia gritado. Todos responderam que ninguém jamais se preocupara em verificar, porque a única pessoa que insistia nisso era "um vagabundo bêbado que vagava pelos arredores da estátua de Charlie Parker".

— No entanto, após o almoço, decidimos ir de carro até o local, só por desencargo. Que mal podia haver? Ao mesmo tempo, sentíamos que estávamos no meio de um romance de terror ou ficção científica, sabe? Daquele tipo em que o bêbado da cidadezinha sabe de tudo e ninguém acredita nele.

— Chegamos ao local, estacionamos o carro e fomos dar uma volta no bosque por ali. Enquanto andávamos, Maurice tropeçou em algo. Ele abaixou para ver o que era e viu um anjo com uma asa só.

— Talvez não fosse nada, mas naquele local específico? Era coincidência demais! Então, pegamos o anjo e o levamos a um antiquário, lá mesmo em Kansas City, para ouvirmos a opinião de um especialista sobre ele.

— Buscamos antiquários em nosso GPS e encontramos um chamado Weird Stuff Antiques (Antiquário Coisas Esquisitas). Dada a nossa situação, parecia ser o local perfeito.

— Porém, a única coisa que o dono podia nos dizer sobre o anjo era: "Este tipo de figura é típico de fontes antigas. A água provavelmente jorrava de seus olhos. Antes de ser abandonada, com certeza era parte de uma fonte".

— Por causa disso, vocês simplesmente concluíram que era a Fonte da Juventude? — perguntou Ricky.

— Não, saímos da loja imaginando como o anjo de uma fonte foi parar num lugar daquele — respondeu Maurice.

— E aí nos lembramos das palavras do mendigo e tentamos achar uma conexão: o anjo da fonte e a história que realmente importava de "Big Cousin" James e Chuck Stump.

— E só depois de tudo isso é que fizemos o que deveríamos ter feito desde o início: colocamos os nomes "Big Cousin" James e Chuck Stump no Google.

— E descobrimos várias resenhas de shows em clubes minúsculos, em lugares como Nova York, Chicago, Boston, Austin, Nova Orleans, louvando as habilidades dessa jovem dupla de músicos de jazz. Jovem? Como diabos eles podem ser jovens? A não ser que existissem dois músicos novos que soubessem das histórias do Hey Hey Club, o que não parecia possível, como eles poderiam tocar em 2017 e ser jovens? Foi quando, perplexos, nos demos conta: que tipo de fonte eles poderiam ter achado?

— Uau! Essa história é excelente! Extravagante, sem dúvida, mas divertida mesmo assim. Eu ainda não entendo por que vocês têm tanta certeza de que havia uma fonte onde aquele anjo estava e como vocês podem saber que a música deles fez a água aparecer nela? — perguntou Joe.

— Bem, para falar a verdade — disse Maurice — não temos certeza de nada. Só temos certeza da existência de dois músicos de jazz com aqueles nomes e achamos que é uma enorme coincidência; demais para ser só uma coincidência, na verdade. Então, imaginamos como o resto aconteceu... por nossa conta.

— E acham que é absolutamente impossível que essas duas pessoas que procuram não sejam outras duas de Kansas City que sabiam tudo sobre a história do mendigo? — perguntou Ricky.

— Nada sobre tudo isso é absoluto — filosofou Tim. — Estamos seguindo nossos instintos jornalísticos.

— Falando nisso — Joe disse — o que traz vocês dois a San Diego? Vocês têm algum indício de que... Quais são os nomes deles mesmo?

— Chuck Stump e "Big Cousin" James — respondeu Tim.

— Isso! Que indício vocês têm de que eles estão por aqui?

— Temos seguido as resenhas de shows deles por algum tempo e, após algumas apresentações no noroeste e no norte e sul da Califórnia, elas pararam. Provavelmente estão dando um tempo, ou pensando em se fixar por aqui.

— E por que San Diego? Não seria mais provável Los Angeles?

— Foi o que pensei primeiro, mas aí Tim levantou a possibilidade de San Diego porque, se eles têm a juventude eterna, talvez quisessem aproveitar Tijuana. Era um tiro no escuro, mas, com uma história como essa, nada é impossível. Comecei a mandar e-mails para vários clubes de jazz por aqui perguntando sobre Chuck Stump e "Big Cousin" James. E a resposta era sempre: "Ah, sim, já tocaram aqui". Contudo, quando perguntava mais detalhes sobre eles, ninguém sabia. Até que um dia o dono de um clube de jazz chamado Dizzy me mandou um e-mail dizendo que, além de tocarem lá, eles costumam frequentar um restaurante Buffalo Wild Wings, e ele os vira lá dois dias atrás.

— Buffalo Wild Wings? É provavelmente aquele que abriu onde era o Seau's — disse Ricky.

— Seau's? — perguntou Tim.

— Sim, Junior Seau, o ex-jogador do San Diego Chargers, tinha um restaurante no Mission Valley Mall, que fechou depois que ele se suicidou. Agora é um Buffalo Wild Wings.

— É o único aqui na cidade?

— Não, tem mais quatro, mas tenho certeza de que é esse. Um dos outros quatro é na Sports Arena, dois em Chula Vista e outro em Santee. Tem de ser o de Mission Valley.

— É muito longe daqui? — perguntou Maurice.

— De jeito nenhum. Pegue a linha verde do trolley para Mission Valley Center e você sairá logo em frente.

— Ótimo, então traga a conta porque a gente já vai.

— Certo.

Eles pagaram a conta e deixaram o bar de esportes do Hyatt. A estação do trolley era logo em frente ao hotel. Estavam ansiosos e felizes com a direção na qual as coisas estavam indo.

— Dá para acreditar que isso está funcionando mesmo? — perguntou Tim, enquanto entrava no trolley e se sentava em um lugar vazio.

— É, é incrível, mas vamos com calma por enquanto. Não vou cantar vitória antes de estar cara a cara com eles.

— E se nós os assustarmos? E se eles se recusarem a falar conosco? Na verdade, não sabemos como se sentem sobre o segredo deles. Talvez não queiram que ninguém saiba. Você mesmo disse isso, enquanto revisava suas anotações.

Maurice não disse nada e só abriu um sorriso.

— Você tem um plano se eles fugirem de nós?

— Estou pensando nisso agora. Fiquei empolgado com o momento no restaurante e me esqueci de pensar nisso.

— E quanto às fotos? Há uma chance gigantesca de que eles se recusem a posar para fotos. Daí minha vinda aqui será inútil; lá de Junction City até aqui... por nada!

— Ah, Tim, qual é? Vai me dizer que não está se divertindo?

— Estou, admito isso. Mas não posso negar a frustração se não puder fotografá-los.

— A gente pensa em alguma coisa, confie em mim.

O trolley parou no Mission Valley Mall, ambos desceram e atravessaram a rua para o restaurante Buffalo Wild Wings.

— Olá, lugar para dois? — a bela hostess perguntou.

— Não, na verdade já almoçamos. Nós queríamos saber se você pode nos dar uma informação — disse Maurice.

— Eu? Que tipo de informação?

— Procuramos dois caras que vêm aqui com alguma frequência. Dois negros bem comuns. Eles são músicos jovens.

— Desculpe não poder ajudá-los, mas deixe-me ligar para o manager.

— Vocês estão procurando exatamente quem, senhores? — perguntou o manager, que veio rapidamente. — Não sei se poderei ser útil.

— São dois negros, músicos, relativamente jovens e temos informação de que vêm aqui com frequência. Somos jornalistas, queremos fazer uma matéria sobre eles — falou Tim.

— Pense um pouco, por favor. Talvez você os tenha visto aqui e ouvido algo de passagem. Nossa única informação é a de que eles vêm bastante aqui — suplicou Maurice.

— Olha, pensando bem, eu tenho visto dois negros virem aqui amiúde. Sempre se sentam em uma mesa com sofás. Mesmo quando há mesas com cadeiras disponíveis, eles preferem esperar por uma com sofás.

— E não sabe mais nada sobre eles? Nunca falou com eles? — perguntou Maurice, um pouco impaciente.

— São homens de poucas palavras. Não dão abertura para diálogo e falam pouco entre eles. Não faço ideia de quem são ou onde moram. A única coisa que ouvi de passagem uma vez foram eles falando sobre Carlsbad, e é só. Desculpe, boa sorte com sua matéria — disse o manager saindo apressadamente.

— Só mais uma coisa: o que é Carlsbad?

— Uma pequena cidade aqui perto, mas não sei exatamente sobre o que eles falavam, desculpem.

O manager os deixou e Tim e Maurice ficaram parados na recepção do Buffalo Wild Wings. Decidiram sair e se sentar em um banco para pensar sobre tudo.

— E agora? Essa era nossa melhor pista e voltamos à estaca zero. Não podemos ficar aqui e esperar eles voltarem. E se isso acontecer só na semana que vem? — murmurou Tim.

— Tem razão, esperar aqui está fora de cogitação. Vamos voltar ao

Hyatt e falar com Joe, o garçom. Ele já trabalhou com pessoas perdidas. É nossa última esperança.

— Vamos nessa! Tentar não vai fazer mal.

Pegaram o trolley de volta ao Hyatt e, quando chegaram lá, o bar de esportes estava cheio de gente. Provavelmente teriam de esperar o pessoal que jantava ir embora para poderem falar com Joe com mais privacidade. Esperaram do lado de fora do bar, mas dentro do hotel.

Eram 11 horas da noite quando o local ficou vazio de novo. Joe viu que estavam por ali e pediu que entrassem.

— Deram sorte?

— Nenhuma — responderam juntos.

— Quer dizer, a informação era correta, eles vão lá com frequência mesmo, mas ninguém sabe nada sobre eles. Não são lá muito sociáveis — explicou Maurice.

— E sabemos que o manager ouviu de passagem os dois falando sobre Carlsbad, e é só isso. Em resumo, precisamos de sua ajuda — disse Tim, educadamente.

— Minha ajuda? Desculpe, mas vocês não estão atrás de pessoas perdidas. Nenhum dos expedientes para rastrear quem está perdido terá utilidade para vocês. A melhor coisa que podem fazer é pegar o Coaster amanhã de manhã, ir até Carlsbad e perguntar por lá.

— O que é o Coaster?

— Um trem que os levará a Carlsbad. Podem pegá-lo na estação central.

Maurice e Tim aquiesceram e voltaram ao hotel para dormir. O dia seguinte seria a última chance deles.

Enquanto se deliciavam com a linda vista do Oceano Pacífico a bordo do Coaster, os dois jornalistas estavam em silêncio, pensando no que fazer.

— Tim, vamos fazer um trabalho jornalístico de antigamente. Perguntar pela cidade inteira sobre eles, ou pelo menos o máximo que a gente puder até o anoitecer. Se não funcionar, pelo menos fizemos o melhor que podíamos.

— Seremos a piada de Junction City.

— E daí? Você se preocupa mesmo com o que outras pessoas dizem de você? Eles que se danem! Sabemos que isso é real, mesmo que não possamos provar — e então se cumprimentaram batendo os punhos.

O Coaster chegou a Carlsbad, e Maurice e Tim saíram para fazer seu trabalho. Perguntaram em livrarias, restaurantes, sorveterias, a pessoas na rua, na praia e até em um asilo que mais parecia um hotel cinco estrelas. Ninguém podia ajudá-los. Estavam prestes a pegar o Coaster de volta para San Diego quando perceberam um antiquário grande, perto da estação, que não haviam notado logo que saíram do trem. Olharam um para o outro e decidiram que valia uma última tentativa.

— Oi, posso ajudar? — a dona da loja os cumprimentou na entrada.

— Sim, procuramos dois negros, músicos de jazz. Um deles toca trompete e o outro, guitarra. Temos motivos para acreditar que moram aqui em Carlsbad há algum tempo. Você os conhece? — perguntou Maurice, já esperando a resposta padrão "Não, me desculpe".

— Sim, conheço.

— Você *conhece*? — Maurice ficou assustado.

— Sim, duas pessoas que se encaixam nessa descrição vieram aqui outro dia e venderam instrumentos bem antigos para nós. Eu lhes perguntei, por curiosidade, onde os haviam encontrado, porque estavam em um estado muito bom. Responderam que no sótão do avô de um deles, mas não acreditei muito. Eram homens de poucas palavras.

— Sabe onde podemos encontrá-los?

— Não, mas tenho certeza de que eles tocam à beira do mar tarde da noite, porque já os ouvi muitas vezes. Normalmente é depois da meia-noite.

— Ótimo, temos de achar um local para passar a noite aqui — disse Tim.

A mulher pareceu um pouco preocupada e Maurice percebeu.

— Não se preocupe, senhora, somos jornalistas. Só precisamos fazer umas perguntas a eles.

Ambos saíram apressadamente da loja e foram encontrar um hotel para esperar até meia-noite. Tinham comprado o voo de volta para o Arkansas para o dia seguinte, saindo no início da noite. Era a última chance deles.

Após fazerem o check-in em um La Quinta Inn e comerem apenas um lanchinho lá mesmo na hora do jantar, decidiram descansar no quarto e sair de novo lá pelas 23h30 para andar na praia e ver se conseguiam finalmente encontrar "Big Cousin" James e Chuck Stump.

Apesar de exaustos, por tudo que acontecera naquele dia, cumpriram a palavra e às 11h30 da noite foram à praia.

Estava frio e ventava na enseada. O céu estava lindo, dava para ver todas as estrelas, a lua estava cheia e o silêncio era total, exceto pelo rebentar das ondas na praia. De repente, ouviram o som de um trompete e uma guitarra tocando juntos e começaram a seguir a música.

Quando se aproximavam do local de onde vinha o som, conseguiram vislumbrar, pela brilhante luz da lua, a sombra de dois homens: um enorme e tocando trompete e o outro um cara normal, tocando uma guitarra com um pequeno amplificador ao seu lado.

— "Big Cousin" James! — gritou Tim.

— Chuck Stump! — gritou Maurice.

Os dois músicos pararam de tocar e estavam prestes a fugir quando Maurice berrou de novo:

— Por favor, não corram. Não vamos lhes fazer nenhum mal, sabemos da sua história, somos jornalistas, só queremos falar com vocês! Por favor, estamos exaustos, viemos lá do Arkansas só para vê-los! Seguimos pistas, perguntamos às pessoas, temos arquivos sobre vocês em nossos computadores! Por favor, apenas alguns minutos do seu tempo.

Uma voz que parecia envolta em bourbon veio do homem grande com o trompete:

— O que querem de nós?

— Escrever uma matéria sobre vocês, acertar as coisas de uma vez por todas sobre os caras que acharam mesmo a Fonte da Juventude em Kansas City, Missouri. Na verdade, já sabemos a história, só precisamos que confirmem com duas ou três declarações. E adoraríamos tirar fotos de vocês.

— Tudo bem — disse o homem com a guitarra. — Digam-nos o que sabem e confirmamos ou não. Damos as declarações, mas nada de fotos. — Ele tirou um 38 do bolso. — Se ele tentar tirar uma foto — disse, apontando para Tim — eu atiro na cabeça dos dois.

— Tá bom, tá bom, sem fotos. Ninguém precisa se machucar aqui, mas, por favor, entenda nossa situação: se não tivermos algo com substância para sustentar a história, todos vão rir de nós. Como podemos provar a todos que estão na cidade de onde viemos que vocês são quem vocês são?

— Pode levar isso. Eu tenho outra enquadrada. Ninguém que não seja da época tem uma, eu garanto a você — "Big Cousin" tirou um pedaço de papel de sua carteira e o entregou a Maurice.

— O que é isso exatamente?

— É um ingresso para um jogo do Kansas City Monarchs contra o Chicago American Giants, válido pela Liga Negra de Beisebol, autografado por Bullet Rogan. Há muitas coisas autografadas por ele, mas não um ingresso de verdade para um jogo. Isso é algo que só alguém daquela época pode lhe dar. Faça uma pesquisa e verá: ingressos da Liga Negra são bem raros, ninguém os tem.

— Sim, você tem razão, acho que serve.

Tim e Maurice contaram aos dois homens como eles achavam que era a história dos músicos e não foram corrigidos uma única vez. Eles também não sabiam como ou por que sua música fez as águas da Fonte da Juventude começarem a jorrar.

— Está ótimo, muito obrigado aos dois. É uma história e tanto — disse Maurice, desligando o gravador.

— Podemos pedir um favor? — perguntou Chuck.

— Claro, qualquer coisa.

— Por favor, não fale especificamente sobre onde estamos, não queremos gente vindo atrás de nós.

— Tem minha palavra. Califórnia e é só. Nada mais específico do que isso.

— Obrigado.

Os dois músicos se levantaram e seguiram para onde quer que fossem. Os dois jornalistas voltaram para o hotel e pegaram o avião no início da noite seguinte, de volta ao Arkansas.

O CAVALEIRO VALOROSO

Andando pela enseada enevoada, sob o véu da pálida luz da lua, o cavaleiro valoroso iniciou sua trajetória de volta. Tudo à sua frente estava um breu, porque a lua parecia focar apenas ele e mais nada. Essa era sua proteção. Gorham disse que o protegeria, o deixaria invisível, pelo menos enquanto continuasse dentro dos domínios de Trevo Dourado.

Gorham era uma das pouquíssimas pessoas nas quais ele ainda podia confiar em seu vilarejo, ou melhor, em seu antigo vilarejo. Até onde sabia, agora era procurado vivo ou morto em Trevo Dourado (talvez, de preferência morto), onde uma vez fora louvado como o herdeiro imediato ao trono, porque o rei era estéril e ele era o general do Exército, que conseguira impedir incontáveis tentativas de invasão durante as Três Guerras.

Estava acima do bem e do mal para o povo do vilarejo, até que o cardeal Dominique Chartres descobriu que ele, além de não ser católico, era um adorador da amaldiçoada ordem da Águia Púrpura. Todos os seus fundadores haviam sido queimados na fogueira, mas alguns seguidores continuavam praticando sua fé de maneira secreta. O cavaleiro valoroso era um desses. Tinha inclusive uma Águia Púrpura em miniatura feita de quartzito latina que levava em seu bolso, o que, no final das contas, acabou causando sua desgraça. Ela caiu de dentro de sua vestimenta enquanto comprava um pedaço grosso de queijo no mercado local. Tirava o dinheiro para pagar e, quando puxou a mão do bolso, a miniatura caiu no chão. O queijeiro viu e começou a gritar:

— Nosso herói é um herege! Ele adora a Águia Púrpura! Beneficia-se do poder malévolo! Vamos trancá-lo na torre!

O cavaleiro valoroso conseguiu fugir e se esconder nas matas. O queijeiro não tentou impedi-lo e, sim, saiu a toda velocidade para a igreja gritando pelo cardeal Chartres e avisando todos do vilarejo.

Entrou na igreja berrando, e ainda que o enorme órgão de tubos estivesse sendo tocado em alto volume, sua voz superou-o e o cardeal, que estava ajoelhado frente a uma imagem da Virgem Maria, levantou-se e foi conversar com ele.

— O que aconteceu, Sr. Hornsby? Por que chama meu nome tão alto, de maneira tão profana? Que Deus tenha misericórdia por sua falta de respeito pela casa Dele — Dominique, com seus olhos negros e profundos e sobrancelhas espessas, olhou de modo impiedoso para o queijeiro, que imediatamente se ajoelhou e começou a beijar o anel dourado do cardeal.

— Desculpe, desculpe. Por favor, tenha misericórdia de mim. Mas é porque o que vi foi tão horrível e demoníaco que perdi a cabeça.

— Está perdoado. Só não se esqueça de sua contribuição para a Igreja este mês e lembre-se de que Deus recompensa quem pode dar um pouco a mais. Agora, me conte o que aconteceu.

— Sir Hart. Ele foi à loja para comprar um pedaço grande de queijo e, quando foi pegar o dinheiro, algo caiu de seu bolso. Eu olhei para baixo e vi uma Águia Púrpura bem pequena, entalhada em pedra. Ele se abaixou rapidamente, pegou-a e colocou-a de volta de onde havia caído. Fiquei tão horrorizado que não conseguia me mexer. Só após alguns segundos me recuperei e comecei a gritar sobre sua heresia. Daí, ele saiu correndo para as matas. Estou arrasado com isso.

O cardeal Chartres ficou parado, olhou para baixo e mexeu a cabeça como se concordando com tudo o que ouvia. Então, olhou direto nos olhos do Sr. Hornsby:

— Vejo o que aconteceu como uma mensagem de Deus em que você foi Seu instrumento. Devemos caçar Hart, capturá-lo e depois queimá-lo na fogueira, sem sequer dar-lhe tempo de se arrepender de seus pecados. Ele é a mão direita do demônio e deve pagar. Nunca confiei nele. Avisei o Rei Ripley para não confiar em alguém que não fosse católico, mas ele iludiu nosso monarca quando derrotou os inimigos. O Príncipe da Escuridão provavelmente o ajudou, era tudo parte de um plano maior para tomar nosso vilarejo e transformá-lo em um reino de devassidão e profanidade. Devo avisar o rei imediatamente — disse, virando-se de costas e ignorando completamente o queijeiro, que foi deixado para trás olhando sem piscar para a imagem da Virgem Maria.

A distância entre a igreja e o palácio do rei era curta. Logo, o cardeal não precisou se esforçar muito para arrastar sua massa corpulenta até lá. As portas em estilo gótico da linda residência real — construída com granito preto e brilhante — estavam fechadas. Ele bateu.

— Quem é? — uma voz jovem perguntou de dentro.

— É o cardeal Chartres. Preciso ver o rei. É urgente. Envolve a sobrevivência de nosso vilarejo como um lugar seguro, decente e abençoado por Deus.

Após um som agudo e alto do lado de dentro, a pesada maçaneta virou e a porta se abriu. O jovem pajem deu um passo ao lado para o cardeal passar.

— Sua Santidade, por favor, entre. O rei está na biblioteca jogando paciência.

— Obrigado — disse ele, nem sequer imaginando abençoar o humilde servo.

Dominique caminhou com celeridade em direção ao local, que tinha sua porta aberta e a luz das velas acesas e brilhantes. Entrou e deu um tapinha nas costas do rei. Ripley tirou os olhos de seu jogo e reclamou:

— Espero que tenha uma razão muito boa para vir aqui e me atrapalhar durante o meu jogo de paciência.

— Oh, sim, Sua Alteza. É uma questão de vida ou morte.

O rei levantou as sobrancelhas. Achou que era bem improvável que isso fosse verdade, mas, como queria que o cardeal sumisse da sua frente o mais rápido possível, decidiu deixá-lo falar.

— Tudo bem, me diga o que é tão importante.

— É o Hart. Ele adora a Águia Púrpura. O Sr. Hornsby, o queijeiro, viu uma miniatura cair de dentro do bolso da frente de sua roupa. O dito herói notou o pânico no rosto do vendedor e fugiu para as matas. Vossa Majestade deveria reunir as tropas e organizar uma força-tarefa para buscá-lo, trazê-lo de volta e queimá-lo na fogueira. Eu falei para não confiar em alguém que não fosse católico!

— Em primeiro lugar, ele é um herói ou você já se esqueceu do que ele fez nas Três Guerras? Estávamos em menor número, com armas muito menos poderosas em todas elas e, mesmo assim, ele conseguiu derrotar nossos inimigos com coragem, sabedoria e o coração de um leão. Ele merece respeito.

— Mas adora a Águia Púrpura e isso é inadmissível. Achei que Vossa Majestade soubesse disso.

— Eu sei e não preciso que me lembre. Só estou dizendo que, a despeito dessa característica, sobre a qual eu não tinha ciência, seus feitos por esse vilarejo não devem ser vistos como algo menor. Devemos abordar essa questão com calma, para evitar uma revolta. O queijeiro pode ter ficado injuriado, mas o resto da população pode achar que ele merece perdão. Além disso, consegue imaginar o quão difícil será convencer o Exército a perseguir seu ex-comandante, que eles veem quase como um deus?

— Sua Majestade está insinuando que nossos soldados irão hesitar em escolher entre um herege perigoso, que adora um dos cultos mais maléficos da história da humanidade, ou manter nosso vilarejo como um local abençoado e protegido pelo Senhor? Acho difícil acreditar nisso, mas, se é verdade, nosso problema é muito maior do que imaginei — disse o cardeal, mostrando sinais de uma impaciência crescente e alguma desconfiança em relação ao rei.

— Não estou insinuando nada. Estou dizendo diretamente que, sim, eles terão esse conflito dentro deles. E isso não faz deles aliados do demônio e nem de nosso vilarejo uma Sodoma e Gomorra dos tempos atuais. Isso os faz humanos. Vou expedir a ordem para capturá-lo, mas sob hipótese alguma feri-lo. Devem trazê-lo até mim para que eu fale com ele. Tenho memórias muito claras de estar encurralado no castelo enquanto ele, sozinho, cortava a cabeça de nossos inimigos. Não uma, nem duas, mas três vezes. Não vou ignorar isso — disse o Rei Ripley enfatizando claramente em seu tom de voz que Sir Hart merecia um tratamento diferenciado, mais do que qualquer um no vilarejo.

— Está cometendo um erro grave, um que só irá notar quando as línguas de fogo começarem a aparecer no céu, cuspindo bolas flamejantes sobre nossa cabeça. Deus se voltará contra Trevo Dourado e estaremos condenados por toda a eternidade — contra-argumentou o cardeal, agora completamente enfurecido e já deixando o aposento pisando firme.

O Rei Ripley continuou sentado, balançando a cabeça negativamente e voltou à sua partida de paciência.

Após correr para as matas, Sir Hart achou que era impossível voltar ao vilarejo antes de tarde da noite. O falatório sobre sua Águia Púrpura em miniatura e sua devoção a um culto pagão já o haviam transformado de herói em um vilão absoluto. Será que poderia confiar que seus ex-soldados teriam tamanha lealdade por ele, a ponto de impedi-los saírem em uma caçada por sua cabeça? Talvez sim, mas aí eles teriam de encarar a morte na fogueira por isso. E o rei? Provavelmente o perdoaria, mas também seria um risco. O cardeal Chartres era poderoso e exercia uma influência imensurável sobre a população. Poderia facilmente insuflá-los a destronar Ripley e assumir o trono ele mesmo, com plenos poderes, o que parecia ser sua intenção desde sempre. E agora também tinha a chance de tirar o herdeiro da jogada. Tudo o que restava para o cavaleiro era Gorham, o mágico.

Gorham era o sumo sacerdote do culto da Águia Púrpura. Depois de a seita ser massacrada pela Igreja do vilarejo, Gorham e Hart continuaram a realizar encontros clandestinos com outros poucos sobreviventes da perseguição, na sala secreta do mago, localizada atrás da lareira, em sua casa. Era realmente um esconderijo bem inteligente. Parecia uma lareira comum, mas, se você movimentasse sua mão por dentro da chaminé acima dela, encontraria uma alavanca. Puxando-a para baixo, a lareira se moveria para a esquerda e uma abertura, grande o bastante para que um ser humano de altura média passasse, apareceria na parede. Uma vez dentro dela, puxando outra alavanca, a lareira voltava ao seu lugar original. Então, após acender as tochas na parede, tudo ficava iluminado e em um local de bom tamanho.

Na parede em frente à passagem secreta, uma enorme águia púrpura estava pintada. Entre suas duas garras, estava desenhado um pergaminho com as palavras: *Salvator Omnium Scientiam* ("A sabedoria salva tudo"). A parede à direita da águia estava forrada de prateleiras com livros sobre astronomia, biologia, anatomia, clássicos antigos de Grécia e Roma e livros de feitiços sumérios, persas e egípcios. Todos esses volumes haviam sido considerados heréticos, como se tivessem sido escritos pelo próprio demônio. Mas os seguidores da Águia Púrpura eram mais espertos: esses livros eram janelas para a alma e o espírito humanos, e até para outros mundos além deste. À esquerda da águia, estavam frascos, garrafas e pequenos recipientes com substâncias (sólidas e líquidas) obtidas de diferentes fontes ao redor do mundo.

Gorham havia escolhido a águia púrpura como símbolo de seu culto porque a cor púrpura é frequentemente associada com mágica, mistério e piedade, e a águia é considerada o "rei dos pássaros". Poderes mágicos eram intensos em sua família desde tempos imemoriais e ele era considerado o mais poderoso de todos. Podia controlar elementos da natureza em grande medida, desde que fosse dentro do vilarejo do Trevo Dourado. Sua família conseguiu sempre ser discreta e nunca foi descoberta pela Igreja. Depois da morte de seus pais, Gorham fundou e fez progredir o culto e, através de seu carisma, ternura e talento, imbuiu tal senso de fidelidade em seus seguidores que isso os impediu de o delatarem quando foram descobertos, torturados e queimados. Foi assim que ele escapou da fogueira, mas precisou sumir de circulação. Quase todos no vilarejo achavam que havia morrido ou se mudado para outro local longínquo. Adorava Sir Hart por sua inteligência, coragem, bom coração e por tê-lo ajudado a reunir seguidores, sem levantar a suspeita dos poderes constituídos.

Sir Hart conhecia as matas ao redor do vilarejo melhor do que qualquer um que já vivera em Trevo Dourado. Quando era garoto, costumava caçar pela floresta inteira com seu pai e, mais tarde, quando adolescente e jovem, costumava fazer algo que chamava de "mata-esconde", que consistia em entrar profundamente por entre as árvores durante a noite, com nada a não ser uma faca afiada, um cantil com água e uma pederneira. Virava à direita, à esquerda, à direita, à esquerda, à esquerda de novo, à direita e parava. O objetivo era estar o mais longe de casa e o mais desorientado possível e encontrar o caminho de volta antes do amanhecer. Sua mãe achava isso extremamente perigoso e ficava preocupada com sua segurança, mas seu pai era mais pragmático. Sabia como esse exercício iria aguçar os sentidos do filho e fazer dele um guerreiro mais atento. Além disso, Lionel (como era conhecido pelo vilarejo, antes de se tornar Sir) rapidamente tornou-se superior ao seu pai nas matas e não tinha mais como ele se perder.

E foi essa habilidade que ele usou para se esconder da turba que começou a se juntar para caçá-lo. Uma hora antes do amanhecer, quando a noite chegou ao seu momento mais escuro, Sir Hart ousou se arriscar entrando no vilarejo novamente. O tropel havia revirado as matas em vão e recolhera-se de volta às suas casas. A caçada recomeçaria no dia seguinte.

Hart era o único na população que sabia que Gorham estava vivo e ainda nos arredores de Trevo Dourado, e precisava dele mais do que nunca.

Durante o dia, se escondia em uma cabana localizada em uma trilha cuja existência ninguém conhecia, quase no vilarejo de Hamrum. No entanto, à noite, ele sempre voltava à sua sala secreta, que continuava intacta a despeito do ataque que sua casa sofrera quando os seguidores da Águia Púrpura foram perseguidos. Quase teve um ataque cardíaco quando entrou lá naquela noite e se viu cara a cara com Hart.

— Hart! Trovões sagrados do céu! Quer me matar?

— Não, mas tenho certeza de que sabe que o cardeal Chartres reuniu o povo para fazer isso comigo. Imagino que saiba de tudo.

— Sim, sim, é claro que eu sei. Para que serviriam meus poderes se eu não soubesse disso? Só não achei que você apareceria aqui tão rápido. Imaginei que ficaria escondido mais tempo. De qualquer modo, é bom vê-lo e é claro que precisa de ajuda.

— Brilhante como sempre, Gorham. Preciso circular o vilarejo pela borda sem ser notado.

— Tenho meios para ajudá-lo com isso. Posso perguntar por que precisa fazer tal coisa?

— Ainda deve existir um ponto frágil em nossas defesas. Preciso saber onde é. Não planejo fugir de Chartres pelo resto da vida. Ficarei escondido por um tempo, mas voltarei para prendê-lo, fazê-lo encarar a justiça e livrar esse vilarejo de sua opressão de uma vez por todas.

— Bem, ele matou quase todos os nossos, exceção feita a você, eu e outros poucos. Porém, depois disso, as coisas têm estado tranquilas para o povo. Somos pagãos e, independentemente de acharmos que é correto ou não, a perseguição é o preço que temos de pagar por isso.

— Perseguição é sempre algo errado. E eu não chamaria o dízimo de 85% do rendimento mensal das pessoas de viver "tranquilamente".

— Talvez não. Mas, até onde eu sei, eles não têm mostrado insatisfação com a vida deles. E amam o rei.

— O rei é uma boa pessoa. Também o adoro. Mas está enfraquecido em seu trono. Tenho certeza de que não aprova nada do que Chartres faz. Mas não tem o que fazer. O cardeal tem todo o Conselho Real no bolso e estava apenas esperando uma razão para organizar um golpe. Infelizmente, eu entreguei tudo de bandeja a ele quando a Águia Púrpura em miniatura caiu do meu bolso. Agora, preciso consertar isso antes que seja tarde. Por outro lado, como você sabe muito bem, estava planejando minha vingança pelo que nos fizeram. Isso só me deixa mais disposto a ir em frente com ela.

— É justo. Mas a questão sobre uma fragilidade nas defesas é complicada. Eu não acho que haja uma. Você, pessoalmente, coordenou a reconstrução do muro após a Terceira Guerra. Não tenho tanta certeza de que deixou alguma falha.

— Mesmo assim, preciso verificar. Talvez eu tenha alguma ideia enquanto rodeio o vilarejo. De qualquer jeito, tenho de entrar em contato com meus homens, também de maneira discreta. O que pode fazer por mim?

— Posso evocar os deuses da natureza e fazer a luz da lua deixá-lo invisível. Não será fácil e nem terá um longo alcance. Terá de ficar dentro dos limites do Trevo Dourado nas fronteiras norte, sul e oeste. Para o leste, não poderá ir além do grande carvalho em frente à sua casa de infância.

— E dentro do vilarejo, eu continuaria invisível?

— Sim, mas seria muito perigoso. Eu não arriscaria. Não agora, enquanto ainda está fazendo seus planos. Os muros podem ficar iluminados de um modo estranho com o luar invocado. Se alguém da Igreja notar, pode começar a acender tochas por todo local. Então, a luz da lua ficaria extremamente enfraquecida e você ficaria exposto. Não vale a pena no momento.

— O.k., eu não vou entrar.

— Ótimo. Agora vá e, quando chegar à mata, encontre um caminho até a enseada. O feitiço começará a fazer efeito em vinte minutos e, a partir disso, terá mais quarenta sob o efeito dele para fazer o que precisa ser feito.

— Certo. Obrigado, Gorham. Ficaremos em contato.

— Que a Águia Púrpura te abençoe, meu amigo. Tenha cuidado.

Ele saiu em alta velocidade em direção à mata, de olhos abertos e com muito cuidado para não ser visto por algum guarda da Igreja que poderia ainda estar à sua procura. Assim que alcançou a floresta, achou rapidamente um caminho com cascalhos que parecia, para a maioria das pessoas, terminar em um local sem saída, direto numa maciça formação rochosa. Mas seus anos de exploração lhe mostraram que as rochas tinham fissuras bem pequenas, que poderiam ser usadas como degraus para subir até o topo. Uma vez lá em cima, poderia descer até uma ravina que o levaria a uma pequena enseada, que ninguém sabia da existência.

Uma neblina espessa começara a pairar, vinda do mar. Hart gostava da sensação que lhe dava. Acalmava seu coração e sua mente e permitia um pensamento mais sereno. Duas questões o incomodavam desde que falara com Gorham: o que ele procuraria exatamente nos muros do vilarejo e como estabeleceria contato com seus homens? Sentou-se em uma pedra para pensar na primeira pergunta. Sua mente foi fundo em suas memórias de como Trevo Dourado estava logo após a Terceira Guerra, quando construíram um muro reforçado. Pelo que lembrava, o povoado tornara-se uma fortaleza sem falhas. Não havia razão para continuar fazendo isso sem analisar, na prática, cada centímetro dela. Tinha de ir agora, tirando vantagem de estar invisível em decorrência do feitiço de Gorham com o luar. Cinco minutos haviam se passado.

Sem precisar andar furtivamente por causa de sua invisibilidade, Hart chegou rapidamente de volta ao vilarejo. Continuaria invisível por mais meia hora. Circulou o local, verificou rigorosamente cada centímetro e decidiu que era realmente impossível. Na verdade, xingou a si próprio por ter feito um trabalho tão bem-feito. Não havia como invadir pelo lado de fora. Precisaria de ajuda do lado de dentro. Era hora de pensar em entrar em contato com seus ex-soldados. Era disso que precisava. Tinha certeza de que, após entrar, conseguiria unir suas tropas ao redor dele, prenderiam Chartres e todos os membros do Conselho e elegeriam um novo para que o rei pudesse governar em paz.

Enquanto isso, na parte interna de Trevo Dourado, o cardeal Chartres soltava fogo pelas ventas por sua ordem ter sido alterada. Em vez de matá-lo na hora, o rei foi em frente e ordenou que ninguém deveria ferir Sir Hart se o encontrassem. Chartres exigiu uma reunião com seu monarca e o Conselho, para externar suas frustrações e aumentar a pressão sobre Ripley para que Hart fosse executado assim que avistado.

O Rei Ripley era um homem esperto. Tudo o que Hart havia contado a Gorham sobre estar isolado era verdade, mas ele tinha percebido algo.

Um golpe estava sendo arquitetado e a única coisa que o mantinha em seu cargo era Sir Hart e o Exército. No entanto, com essas acusações graves pesando sobre o ex-comandante, ele sabia que tinha pouco tempo.

Sentado em seu trono, ordenou que o pajem da corte convocasse Roderick Hilton, que atualmente substituía Hart como chefe dos soldados. O rei queria saber como estava o clima entre as tropas em relação a tudo que acontecia.

Num instante, Sir Hilton estava fazendo reverência em frente à Sua Majestade.

— Fique à vontade, Sir Hilton, temos uma questão muito séria para discutir. Como está o clima em geral entre seus homens, a respeito dessa caça a Sir Hart?

— Essa é uma questão deveras divisiva, meu senhor. Metade dos homens está extremamente constrangida em perseguir um ícone como Sir Hart como se ele fosse o próprio demônio. A outra metade acha que é uma pena, mas que estamos moralmente ligados às nossas leis e ao nosso vilarejo, logo devemos aplicar a lei a qualquer custo. E as coisas estão ficando bem acaloradas. Sinceramente, não sei por quanto tempo ainda consigo evitar uma briga entre nós mesmos.

— Isso é ruim e é o plano de Chartres. Dividir o Exército para que não me protejam e então ele fique livre para me derrubar. Eu sei que já subornou o Conselho para apoiá-lo. Qual a sua opinião sobre tudo isso?

— Eu era o segundo na hierarquia de comando, logo abaixo de Sir Hart. Coloco minhas mãos no fogo por ele, mesmo que me torturem. Matá-lo sequer passa pela minha cabeça.

— Temos a mesma opinião. Mas o que pode fazer na prática? Pelo menos me dê algo para que eu possa "enrolar" o cardeal e o Conselho. Tenho uma reunião com todos em dez minutos.

— Dê a ordem para capturar e executar Sir Hart. Você não tem outra opção. Não existe alguém que o conheça melhor do que eu e sei que ninguém conseguirá pegá-lo.

— Acha que ele fugiu de Trevo Dourado?

— Tenho certeza de que não. Não tolera injustiça, quanto mais com ele. Está por aí, muito bem escondido, nenhuma pessoa irá capturá-lo. Está planejando algo. Só não sei o que é ou quando vai agir.

— Isso é um pouco reconfortante. Qual sua visão sobre a Águia Púrpura?

— Era um culto pagão. E daí? Até onde eu sei, nunca prejudicaram ninguém, e se Sir Hart é um exemplo do caráter deles, só merecem elogios. Não dou a mínima se não acreditam no mesmo Deus que eu; aliás, eles ou qualquer um. Só me importo com o que as pessoas têm dentro de seu coração.

— Bom ouvir isso. Tenho certeza de que sabe que passei a ter embates com Chartres exatamente quando as perseguições começaram. Sempre achei que estava exagerando. Vivíamos um período de paz total após as Três Guerras e ele decidiu ir atrás dessas pessoas inofensivas. Argumentei, confrontei e tentei impedir, mas no final ele comprou o apoio do Conselho e ameaçou minha vida. Fiquei perdido. Porém, há um aspecto: se Hart era da Águia Púrpura, por que deixou tudo acontecer? Não havia pensado nisso, mas agora estou meio confuso.

— Pelo que me lembro da época das perseguições, Hart costumava cumprir os mandados de prisão com muita má vontade e um semblante sombrio. Todos no pelotão pensavam ser apenas porque achava injusto. Nunca imaginamos que fosse porque prendia e mandava para a morte seus próprios colegas. E tem mais: nenhum deles jamais cedeu sob tortura e disse ou balbuciou o nome dele. Isso diz muito sobre o senso de unidade e resiliência deles. Foi por isso que se aposentou depois. Acho que tem vivido com um desejo ardente de vingança desde então. Esse último episódio apenas acelerou as coisas.

— Certo. Bem, vamos fazer isso. Vou me reunir com o Conselho e darei a ordem. Está certo de que ninguém irá encontrá-lo?

— Absolutamente.

— E como irá lidar com a divisão entre seus homens? Disse que não sabia por quanto tempo conseguiria evitar um confronto entre vocês mesmos...

— E não sei. O melhor que posso fazer é tentar convencer as duas partes a conversar, assumir a posição de não matá-lo sob nenhuma circunstância e convencer todos de que tudo isso é um circo para organizar um golpe. Vamos esperar que funcione.

— Bom. Faça isso. Vou à reunião e darei a ordem. Tomara que consigamos ganhar um pouco de tempo até que Sir Hart se manifeste.

O Rei Ripley levantou-se do trono e Sir Hilton fez reverência de novo. O monarca foi para a sala de reuniões do palácio e o cavaleiro saiu pela porta da frente.

Três minutos antes de o feitiço de invisibilidade ter acabado, Hart já estava de volta à sua praia escondida, matutando sobre a situação. Ele não podia invadir o vilarejo. Para entrar em contato com suas tropas, precisaria passar pelo portão da frente. À noite estava fora de cogitação, já que o barulho que teria de fazer para acordar os soldados despertaria o vilarejo inteiro. Durante o dia, havia dois problemas importantes: primeiro, apesar de o Exército não estar atrás dele, passar pela turba que queria matá-lo era impossível, porque, a despeito de ninguém na multidão ser guerreiro e ele sim, eram muitos. Não daria conta de todos. Segundo, teria de matar pessoas inocentes, talvez até mulheres e crianças, e isso era a última coisa que queria.

Não havia dúvida de que teria de encontrar um modo de entrar em contato com seus ex-comandados sem chamar atenção. Talvez Gorham pudesse ajudá-lo.

Teria de esperar até tarde da noite para poder voltar ao esconderijo secreto sem ser notado e encontrar o mágico.

Dentro do palácio, o rei estava em reunião com Dominique Chartres e o Conselho. Esse último, ele tinha certeza, trabalhava contra ele e a favor do cardeal, que o encarou com menosprezo assim que Ripley entrou na sala de conferências e sentou-se à cabeceira da enorme mesa de carvalho.

— Senhores — disse o rei —, todos sabemos por que estamos aqui e quero fazer isso do jeito mais fácil possível. É com muito pesar que digo o que vou dizer. Mas, após uma cuidadosa análise e depois de pensar com muita profundidade, estou expedindo a ordem para o Exército matar Sir Lionel Hart assim que seja avistado. Por mais que eu seja grato pelo que ele fez nas Guerras, não podemos nos dar ao luxo de ter alguém sabidamente adorador da Águia Púrpura entre nós. Criaria perturbação entre a nossa população, e sua vida em nosso povoado de alguma maneira seria comprometida. Sim, eu sei que debatia com Sua Eminência quando implantou a caça aos seguidores do culto. Ainda acho que poderíamos tê-los trancafiados nas torres em vez de queimá-los na fogueira, mas isso já não importa mais. À época, o povo havia sofrido com as invasões e achei que mais mortes o deixaria melancólico e triste. No momento, o que menos precisamos é de nossa gente preocupada novamente. Vamos acabar com isso.

Uma explosão de aplausos como um vulcão em erupção emanou da sala.

— Muito bom, finalmente recobrou seu bom senso — disse o cardeal. — Tenho certeza de que nosso Exército irá acabar com o problema num piscar de olhos. No que me diz respeito, essa reunião está encerrada.

Todos começaram a se levantar de seus lugares para sair.

Quando Ripley ia saindo, Dominique o chamou de lado:

— O que o fez mudar de ideia tão radicalmente, Sua Majestade? — havia um tom claramente irônico quando entoou essas últimas duas palavras.

— Nada, a não ser o bem-estar de nosso povo, Sua Eminência — o rei respondeu em um tom desafiador.

— Se eu descobrir que você tem alguma agenda escondida sobre isso, você irá se arrepender. E muito.

— Não tenho medo de você. Mas garanto que estou pensando apenas no que é melhor para a nossa gente.

Com isso, o Rei Ripley virou-se de costas e saiu da sala.

Sir Hilton chegou aos alojamentos do Exército e encontrou suas tropas em uma discussão acalorada. Não conseguiam chegar a um consenso em relação a quem eles deveriam ser leais: às leis de seu vilarejo? Ou ao seu amado ex-comandante, que tinha uma falha de caráter, pelo menos no que dizia respeito ao que se esperava dos cidadãos de Trevo Dourado? Até onde o atual comandante podia ver, havia quase uma divisão 50/50. Seu trabalho não seria fácil.

No fundo dos alojamentos havia uma enorme e firme estrutura de madeira de lei. Parecia um palco e era onde Sir Hart costumava motivar as tropas antes das batalhas em cada uma das Três Guerras. Agora, era onde Sir Hilton falava com elas sobre honra, fé, coragem, confiança, história e filosofia. Esse uso atual dava a Hilton sua única vantagem no momento: eles o respeitavam e o tinham como exemplo, era melhor usar isso em seu benefício.

Cruzou o local passando pela multidão de soldados e subiu na estrutura. Então, pegou uma enorme lança que estava apoiada em uma parede atrás dele e bateu com a ponta de baixo no chão da armação o mais forte que podia. TUMP! O barulho foi tão alto que todos os soldados se viraram para ele de uma vez, sobressaltados.

— Ótimo! — ele disse. — Estou feliz por ter chamado a atenção de vocês. Não preciso dizer-lhes o quanto significam para mim. São meus soldados e passamos juntos por poucas e boas — agora, ele gritava. — No entanto, um incidente infeliz parece colocar uma divisão entre todos nós. Como seu comandante, exijo que acertemos isso de uma vez por todas e tomemos medidas para evitar que as coisas tomem proporções maiores e piorem. Se alguém tem alguma sugestão sobre como proceder, a palavra é sua.

Logo na primeira fila, um jovem de não mais que 22 anos levantou a mão. Sir Hilton acenou positivamente com a cabeça para ele.

— Acho que devemos fazer tudo o que pudermos para evitar que Sir Hart seja morto. Ele é nosso herói e exemplo de homem. Eu me recuso a ajudar em sua captura!

— Isso! — exclamou metade das pessoas.

— Boooooo! — gritou a outra metade.

Um homem mais velho, de mais ou menos 36 anos, levantou sua mão, resoluto. Hilton repetiu o gesto que havia feito para o garoto.

— Ninguém discute que Sir Hart é um herói. Pode até ser digno de uma estátua. Mas não está acima da lei que nossos ancestrais escreveram com cuidado, séculos atrás, para o nosso amado vilarejo. Me dói muito dizer isso, mas ele deve ser obrigado a encarar a justiça.

Uma miscelânea cacofônica de barulhos se seguiu. Era impossível tentar entender qualquer coisa no meio de tantos gritos e berros. Sir Hilton, mais uma vez, bateu com violência a ponta de baixo da lança no chão. TUMP!

— BASTA! — ele bradou. — Não aguento mais essa discussão entre nós. Precisamos ser construtivos. Gritar, berrar e bradar não vai nos levar a lugar algum, assim como um Exército dividido também não vai. Vamos tentar focar as coisas com as quais concordamos e seguir em frente a partir daí. Se todos concordam que Sir Hart realmente é um herói e que vale uma estátua, acho que se pode dizer que merece pelo menos certa parcimônia de nossa parte.

— O que sugere? — perguntou o homem mais velho que havia acabado de falar.

— Esperemos um pouco. Vejamos o que ele vai fazer. Não tenho dúvidas de que não ficará escondido para sempre.

Todos concordaram.

Tarde da noite, Hart conseguiu, sem muitos problemas, chegar ao velho esconderijo.

Gorham já estava lá.

— Como foi? — ele perguntou.

— Tinha razão. Não há como eu organizar um ataque surpresa ou algo assim. Preciso entrar em contato com meus homens.

— Já suspeitava disso.

— Pode me ajudar?

— E houve algum momento na história em que não pude? — respondeu com um sorriso terno.

Foi sentar-se em uma cadeira e pediu a Hart, com um gesto das mãos, para usar a que estava à sua frente.

— Usarei um feitiço antigo que minha bisavó me ensinou há muitos anos. Permitirá que faça a projeção astral de sua alma para onde desejar. Com um benefício a mais: poderá falar com quem quiser.

— Isso é fantástico. Posso me aproximar de Sir Hilton e podemos ter alguma ideia sobre como proceder. Alguma ressalva?

— Duas. Dura apenas dez minutos. Então, sejam breves ao conversar. Meu palpite é que não conseguirão bolar um plano em um intervalo tão pequeno, mas é mais do que o suficiente para combinar sobre algum local para se encontrarem.

— E a outra?

— Não tente falar com mais de uma pessoa. Isso exigiria uma força do feitiço que ele não aguenta. Você arriscaria não voltar para o seu corpo e morrer.

— Que reconfortante! O.k., quando pode fazer isso? Agora não é uma boa ideia. Todos estão dormindo e, se minha voz acordar Sir Hilton, ele vai tomar um susto tamanho que é capaz de morrer de infarto. Que tal em algumas horas, logo que o sol nascer?

— Isso seria perfeito. Pode ficar aqui e dormir um pouco. É melhor se seu corpo estiver relaxado.

No dia seguinte, assim que os primeiros chilros dos pássaros começaram a soar e o céu estava com uma coloração de tonalidade rosa escuro, Sir Hart e Gorham acordaram para se aprontar e colocar o feitiço para funcionar.

— Certo, meu amigo, preciso que relaxe. Deite-se no chão e esvazie sua cabeça de tudo o que é negativo e preocupante. Imagine que está num gramado, ao lado de um riacho que vem de uma montanha. Acabou de rolar para dentro do riacho e está boiando, deixando o curso da água levar você.

Gorham cobriu o corpo de Hart com um sudário. Depois, salpicou o pano com uma mistura de pó com sete cores diferentes: prata, amarelo, azul, laranja, vermelho, verde e magenta. Movendo suas mãos acima do corpo no chão e murmurando palavras em uma língua antiga, o mágico começou a fazer o feitiço funcionar.

O corpo do cavaleiro estremeceu por alguns segundos, como se estivesse tendo uma convulsão séria, mas depois parou completamente. Gorham disse:

— Consegue me ouvir, Hart?

— Em alto e bom som.

— O que está vendo?

— Você e meu corpo... Bem abaixo de mim.

— Como se sente?

— Bem, é como se estivesse boiando no mar, só que estou olhando para baixo, e não para cima.

— Excelente, é assim mesmo que deve ser. Consegue imaginar seus braços e pernas e movimentá-los?

— Sim, sim. É um pouco esquisito, mas me acostumarei rapidamente.

— Você irá. Agora, apenas mexa seus membros superiores e inferiores e... nade.

— Tá, entendi.

— Vá em direção ao teto e continue. Lembre-se, você é como um fantasma. Você consegue passar pelas paredes.

— Uauuuu!!! Estou do lado de fora. Consigo ver todo o vilarejo e o mar. É lindo! O sol está nascendo no horizonte. Sinto que dá até para tocá-lo!

— Isso. Mas não tem tempo para ficar olhando os belos cenários. Tem um trabalho a fazer. Vá até os alojamentos do Exército e fale com Sir Hilton. Só consigo segurar o feitiço por mais oito minutos. Vou parar de falar agora. Boa sorte.

A alma de Sir Hart voou até a base dos soldados. Todos já estavam acordados. Ele viu Hilton e flutuou para bem próximo dele. Sussurrou em seu ouvido.

— Hilton, sou eu sob um feitiço de Gorham. Você não pode me ver, mas posso vê-lo e ouvi-lo. Vá para os estábulos para que possamos conversar a sós. Se não, todo mundo vai achar que está enlouquecendo e falando sozinho.

Sir Hilton ficou um pouco assustado e começou a olhar para todos os lados. Naturalmente, não conseguia compreender direito o que estava acontecendo.

— Agora, Hilton! Não tenho muito tempo. Não está ficando maluco. Vá para os estábulos neste instante. Rápido!

Ele apertou seu passo em direção aos cavalos. Chegou lá e foi bem para o fundo. Parou e disse:

— Não sei se entendi direito, mas tudo bem. Você está aqui, Hart?

— Minha alma, sim. No momento estou deitado em frente a Gorham, em um lugar que você não sabe onde é e que gostaria que continuasse assim, por enquanto. Olha, precisamos bolar um plano. O rei será deposto e é necessária nossa intervenção. Pode me encontrar do lado de fora do vilarejo esta noite?

— Sim. Onde?

— Siga a trilha de cascalho até chegar à formação rochosa. Encontro você lá e vamos a um lugar ainda mais isolado. Duas da manhã está bom?

— Sim, posso ir a cavalo a essa hora sem me preocupar com vigilância. Está combinado.

— O.k.

E, assim, a alma de Hart voou e conseguiu voltar para seu corpo novamente.

O cardeal Dominique Chartres estava inquieto. A demora em encontrar Hart o estava deixando ansioso. Onde, em nome de Deus, ele poderia estar, que o Exército ainda não o havia encontrado? Tinha certeza de que não havia fugido, não era de seu feitio. Será que os soldados estavam apenas fingindo caçá-lo, porque eram mais leais ao seu ex-capitão herege do que ao vilarejo? Isso era um disparate! Pensava: "Achei que poderia trazer ao menos uma parte do Exército para o meu lado e usá-la para tomar o poder... Pelo jeito, não posso. Mas consigo controlar o povo e o Conselho. Posso usar isso a meu favor. Talvez um rumor perverso sobre ligações de Ripley com a Águia Púrpura? O Conselho me daria ainda mais força e eu poderia armar para o povo invadir o castelo e atacar Ripley como se fosse um levante popular. Mas como fazer isso? Pense, Dominique, pense". E depois de mais três minutos: "Já sei! O queijeiro. Qual é o nome dele? Hornsby. Sim, falarei com ele. Não será difícil convencê-lo. Alguns gramas de ouro e uma ameaça de danação eterna se não cooperar devem ser o bastante. A primeira coisa que farei amanhã de manhã será uma visita a ele".

Dentro do palácio, tarde da noite, o Rei Ripley estava sentado sozinho em seu quarto, com a certeza de que algo estava para acontecer, mas incerto do que seria. Seu Conselho não o olhava de frente, já há algum tempo. E havia Dominique. Eles nunca se deram bem, mas quando Ripley discordou sobre a perseguição e queima dos integrantes da Águia Púrpura, foi a gota d'água. O relacionamento ficou estremecido para sempre após aquilo e o rei foi aos poucos perdendo o apoio da Igreja. Sabia que tinha o Exército ao seu lado (era a única coisa que impedia que fosse derrubado), mas por quanto tempo? Quando Hart estava por perto, tinha certeza de estar seguro, porque o vilarejo todo o idolatrava e eles eram melhores amigos, mas após o incidente e a fuga que se seguiu... quem sabia o que poderia acontecer?

Decidiu ir até o terraço do palácio e ver se um pouco de ar fresco o ajudaria a dormir. Quando chegou lá, ouviu o ruído de cascos de cavalo batendo no chão. Virou a cabeça, fixou seus olhos na direção do som e viu um cavaleiro desaparecendo na escuridão. Mesmo daquela distância, não havia como confundir. Sir Hilton havia decidido dar uma cavalgada noturna.

Sir Hilton chegou à formação rochosa exatamente às 2 horas da manhã. Hart o esperava.

— Siga-me — ele disse.

— Segui-lo para onde?

— Só me siga e confie em mim. Há um lugar além dessas pedras onde podemos ficar em paz e conversar.

— Além das rochas? Eu não acredito! Ninguém nunca sequer mencionou isso no vilarejo.

— Isso é porque todos têm medo de ir além de onde a Igreja e Dominique dizem que não devem, para não queimarem no inferno ou uma merda qualquer dessas. Por sorte, meu pai era mais inteligente do que a maioria, e me deixou vagar pelas matas assim que achou que eu estava pronto o suficiente para usar minhas habilidades e me localizar sozinho.

Hilton não disse nada.

— Vamos para o topo. Consegue?

— Sim, é claro. Estou preparado para ficar abismado.

Subiram pelas pedras até o cume e desceram pela ravina escondida, até encontrarem a pequena enseada que Hart usava com frequência.

— É magnífico, Hart! Uma pequena praia secreta! Quem poderia imaginar?

— Pouquíssimas pessoas; ainda bem! Este tem sido meu refúgio desde que eu era adolescente. Agora, basta de espanto. Temos um trabalho a fazer.

— O.k., mas tem de me responder uma coisa antes: não apenas Gorham está vivo como voltou para Trevo Dourado?

— Ele nunca partiu, Hilton. Ele é mágico, lembra? Consegue imaginar alguém mais bem preparado para se esconder em plena vista do que um mágico? Eu não consigo. Mora em uma cabana numa estrada escondida.

Hilton apenas sorriu e disse:

— Podemos contar com ele?

— Um milhão por cento.

— Ótimo!

— Enfim, de volta ao nosso problema. Como estão as coisas dentro do Exército quando se trata da minha situação, e quanto tempo você acha que o rei tem antes de Chartres tomar uma atitude?

— Nosso Exército estava dividido até dois dias atrás. Mas convenci a metade que achava que você deveria ser punido de que, como um herói, merecia alguma confiança e parcimônia de nossa parte. Além de garantir-lhes que ia aparecer. No fim, eu estava certo.

— Obrigado, meu amigo. E quanto a Dominique?

— Provavelmente está fulo com o Exército por não encontrá-lo e achando que nossa lealdade é, na verdade, a você, e não ao vilarejo. Devemos esperar medidas desesperadas da pior espécie, dele e do Conselho.

— Eu concordo. Devemos agir rápido. Não tenho dúvidas de que irá manipular o povo a seu favor. Talvez tenhamos de encarar a difícil situação de confrontar civis. Os nossos civis. Não quero isso. Você acha que consegue chegar até alguma pessoa comum no vilarejo e fazê-la entender o que está acontecendo? Tentar convencê-la a trabalhar a nosso favor entre a população e, talvez, torná-la menos suscetível às mentiras do cardeal?

— Será difícil. Tem de lembrar, Hart: você é um herege aos olhos do povo. Até onde eles sabem, todos os seus feitos heroicos estão manchados de modo indelével. Para eles, você foi parte de um culto pagão, que foi constante e implacavelmente demonizado pela igreja. É difícil conseguir uma virada nisso. Como eu disse a você, tive problemas até no Exército para fazer metade dele lhe dar um desconto. E você é como um deus para nós.

— Não sou nenhum tipo de deus, Hilton. Aliás, sou a coisa mais distante disso que se possa imaginar.

— Não, não é. Sua coragem é invejável e seu coração e alma são puros. Só acontece que prefere outra religião. O que estou dizendo é que é difícil para a enorme maioria do povo entender isso. Mas estamos divagando e não temos tempo para isso. Acho que conheço alguém que pode nos ajudar.

— Quem?

— Luscious, o ferreiro. Usamos tanto suas armas nas Três Guerras que ele jamais participaria de qualquer coisa que nos causasse algum mal. E é uma pessoa tão gentil que acho que pode mudar a cabeça das pessoas em relação a você, e isolar totalmente o cardeal e o Conselho. Quanto tempo acha que temos?

— Um dia... Talvez meio dia...

— Então, é melhor eu partir. A primeira coisa a fazer é estar em frente à loja dele bem cedo, e já está ficando tarde.

— Certo. Entrarei em contato com Gorham e você nos encontra amanhã, na mesma hora e no mesmo local. Até lá, teremos alguma ideia do que Dominique está planejando e como vamos reagir.

— Adeus, meu amigo. Mantenha-se a salvo.

Sir Hart apenas aquiesceu.

Às 5h45 da manhã seguinte, o cardeal Dominique Chartres e Sir Hilton se cruzaram na praça principal do vilarejo.

— Saiu para uma cavalgada de início de manhã, Sir Hilton?

— Voltando de mais uma busca inútil por Sir Hart, que durou a noite inteira. Não há razão para continuar com isso. Ele é muito esperto — disse Hilton, fingindo cansaço.

— Você não está tentando com o afinco necessário. Eu te conheço, Sir Hilton. Não quer encontrar seu amigo herege. Sua fidelidade é para com ele. Mas me certificarei de que se arrependa disso. Não sabe com quem está lidando — seu tom era ameaçador.

— Sou um cavaleiro do vilarejo de Trevo Dourado. Lutei contra nossos inimigos mais cruéis e malévolos nas Três Guerras. O que o faz pensar que tenho medo de suas ameaças vazias?

— Não tenho tempo para discutir com você. Se Hart não aparecer aqui nesta praça amarrado e amordaçado em quarenta e oito horas...

veremos quão destemido você consegue ser — falou indo em direção ao mercado local, que acabara de abrir.

Sir Hilton o observou. Ele havia acabado de confrontar o cardeal, mas sabia que, se a intuição de Hart estivesse correta (e normalmente estava), precisava agir rápido ou a ameaça de um derramamento de sangue atroz era bem real.

Hilton foi para a direção sul da praça e chegou à loja do ferreiro assim que o sempre afável Luscious a estava abrindo.

— Hilton! Tão cedo assim por aqui? Problemas com as novas espadas? Ou está vindo pagar uma dívida comigo de que não me lembro?

— Nada disso, Luscious. Suas espadas estão boas, como sempre. E, no momento, não lhe devo ouro nenhum. Mas é uma questão urgente e precisamos conversar.

— Claro, por favor, entre.

Entraram na loja e o cavaleiro pediu a ele que fechasse as portas pelas quais haviam passado.

Lusciou pareceu surpreso.

— Fechar as portas? É sério assim?

— Temo que sim.

Luscious fez o que lhe foi pedido.

Os dois se sentaram nas duas cadeiras de ferro preto que o ferreiro havia feito na própria loja.

— É Hart, né? Está por aí e planeja voltar.

Hilton ficou um pouco chocado.

— Sim, é exatamente isso. Como você sabe?

— Puxa, Hilton... Trabalhei próximo o bastante de vocês durante todas as Três Guerras. Sei o tamanho da esperteza dele e quão devotado a ele você é. Para você vir aqui tão cedo? Só podia ser uma coisa. Como posso ajudar?

— Fale com as pessoas. Converse com todos que puder e convença-os de que Hart não é um tipo de demônio pagão só porque tem crenças diferentes. Ele é o mesmo cara que foi essencial para salvar esse vilarejo e a vida das pessoas nas Três Guerras. Ambos temos certeza de que, muito em breve, Chartres tentará usar o povo para causar um motim e derrubar o Rei Ripley, especialmente porque tem o Conselho em suas mãos e seus bolsos. Porém, consegui controlar o Exército. No entanto, se ele conseguir convencer o povo... será um pesadelo. Como lutaríamos contra nossos próprios cidadãos? É o plano dele e devemos tentar impedi-lo.

— O.k., farei o possível. E quanto a você?

— Vou me encontrar com Hart de novo hoje à noite. Agora, vou até a sede do Exército para contar-lhes tudo. Meu palpite é que ele irá aparecer no vilarejo amanhã à tarde. Logo, deve se apressar. Adeus, Luscious.

Os dois apertaram as mãos e, olhos nos olhos, transmitiram um desejo de boa sorte e a confiança de que tudo daria certo sem trocar mais uma única palavra.

Dentro do mercado, o cardeal Chartres começava a tramar seu plano. O primeiro passo era assustar e comprar Hornsby, o queijeiro.

— Sr. Hornsby, o senhor tem sido um servo fiel e temente a Deus deste vilarejo. Logo, a Igreja quer recompensá-lo por sua lealdade — ele colocou as mãos em seu bolso e tirou seis dobrões de ouro, do tipo que o queijeiro jamais vira antes. Provavelmente nem sonhava que existia. Os olhos de Hornsby se esbugalharam e ele olhava sem piscar.

— Isto é seu — disse o cardeal, pondo os dobrões sobre o balcão da loja. — Mas também estou aqui com algumas notícias ruins e perturbadoras. Meus piores medos se confirmaram. Nosso soberano, que foi uma vez escolhido por Deus, o Rei Ripley, tem se envolvido com o demônio. Ele tentou esconder, mas eu vi uma Águia Púrpura em miniatura em cima de sua mesa. Tentou cobri-la com a mão, quando me viu entrando em seus aposentos. E temo que esteja usando feitiços malignos contra o Exército também. O povo, liderado por você e com a ajuda da Igreja e de Deus Todo-Poderoso, deve fazer algo para salvar este vilarejo. Ou então a danação eterna se abaterá sobre todos.

Se Hornsby fosse um pouco mais esclarecido, saberia que a história do cardeal era absolutamente falsa. O queijeiro poderia facilmente ter feito duas perguntas simples: quando foi isso? Que evidências você tem, fora sua palavra? Mas Hornsby, bem como a maioria do povo de Trevo Dourado, não tinha como ter mais instrução. Não havia acesso a nenhum tipo de conhecimento além da Bíblia. A Igreja comandava sua vida com mãos de ferro e quem quer que discorde é um herege, daí a perseguição contra os integrantes da Águia Púrpura. E naquele momento, algo deixou tudo isso ainda pior: ouro. Hornsby ficou tão enfeitiçado por aqueles dobrões dourados que teria concordado com qualquer coisa que o cardeal viesse lhe dizer.

— Sim, Sua Eminência. Farei qualquer coisa que me pedir.

— Ótimo, nunca duvidei disso. Vocês têm armas?

— Não, apenas alguns cabos de vassoura e barras de ferro.

— É o bastante. Você só precisa fazer duas coisas. Número um: espalhe o que acabei de lhe contar. Fale para todos que encontrar pelo vilarejo. Número dois: também diga a eles para pegar seus cabos de vassoura e barras de ferro e se reunirem em frente ao palácio amanhã ao meio-dia.

— Como queira — disse Hornsby, colocando os dobrões em seu bolso e abaixando sua cabeça para beijar o anel do cardeal.

Na sede do Exército, Sir Hilton havia reunido suas tropas para contar-lhes sobre seu encontro com o ex-comandante. Após seu relato detalhado sobre tudo, um dos soldados rasos perguntou:

— E agora, o que vamos fazer?

— Amanhã, ao meio-dia, nos postaremos em frente ao palácio para defender nosso rei e o vilarejo. Será difícil tentar fazer isso sem ferir nosso próprio povo, mas vamos confiar em Sir Hart e Gorham. Eles encontrarão uma solução.

— Gorham está vivo? — algum outro soldado perguntou.

— Sim. Não o vi, mas Sir Hart garante que está.

Os olhos de todos os soldados brilharam quando Hilton disse isso.

E assim foi durante o dia. Metade das pessoas em Trevo Dourado ouvindo de Luscious, o ferreiro, que seu rei estava prestes a ser derrubado e eles precisavam confiar no seu líder pagão do Exército, e outra metade ouvindo de Hornsby, o queijeiro, que deviam ajudar a Igreja a derrubar o rei para purgar o vilarejo da adoração ao demônio.

À noite, Sir Hilton estava mais uma vez em frente à formação rochosa para se encontrar com Sir Hart. O cavaleiro valoroso esperava por ele com Gorham, o mágico, ao seu lado.

— Gorham, há quanto tempo! É ótimo vê-lo!

— O prazer é meu, Sir Hilton.

— Como foi com Luscious? — perguntou Hart, apressadamente.

— Foi tudo bem, mas prevejo que teremos de encarar um vilarejo dividido. Cruzei com Chartres a caminho da ferraria. Ele estava indo ao mercado, provavelmente para falar com o queijeiro delator.

— Faz sentido. Você tem razão, o vilarejo estará dividido. Precisamos de um plano. É por isso que Gorham está aqui.

— Certo. Qual a ideia de vocês?

— Em primeiro lugar, acho que tanto eu como Hart devemos aparecer juntos de uma vez. Simplesmente cruzar o portão do vilarejo no cavalo dele. Acho que causaria uma comoção. E aí, posso lançar um feitiço na metade da multidão que estará contra nós.

— Lançar um feitiço no seu próprio povo? Ficou maluco? — perguntou um espantado Hilton.

— Nada perigoso. Posso paralisá-los. Mas não por muito tempo.

Hart completou:

— Tempo o bastante para que eu converse com eles. Tenho certeza de que posso convencê-los a mudar de lado. Fazê-los entender que Gorham e eu não somos demônios, e que acreditar em algo diferente não significa que não arriscaríamos ou daríamos nossa vida para salvá-los e salvar Trevo Dourado.

— E quanto a Chartres e todos os integrantes da Igreja e do Conselho? — indagou Hilton, preocupado.

— É aí que entram você e o Exército. Precisarão manter todos eles longe da praça. E há apenas um modo de fazer isso: vão invadir tanto a igreja como o palácio às 11h30. Nesse último, dominem a sala do Conselho e se encaminhem direto para os aposentos do Rei Ripley. Expliquem a ele o que estará prestes a acontecer e peçam que fique trancado em seu quarto até segunda ordem. Na igreja, capturem todos os cardeais, incluindo Chartres. Mas esperem até o meio-dia, e aí tragam-no para fora. Quero que ele veja o que irá acontecer.

— Não deve ser difícil para nós, Hart. Estou mais preocupado com o modo como você irá convencer metade do povo de que dois hereges merecem não apenas perdão, mas confiança. A religião está bem enraizada em nosso povo.

— Eu sei. Mas se lembrarão das Três Guerras. Não foi tanto tempo atrás. Eles cederão, tenho certeza.

— E se não cederem?

— Aí vou precisar que você e o Exército ajudem o povo a se lembrar. Você e todas as tropas sairão da igreja e do palácio. Nos reuniremos na praça e começaremos a cantar nosso hino de guerra. Isso irá mexer com a memória deles. Não irão resistir.

— O.k., acho que é tudo o que podemos fazer. Vamos esperar pelo melhor e confiar em nosso povo — concluiu Hilton de maneira terna.

— Eles não vão nos decepcionar. Agora vá, teremos um dia cheio amanhã. Vá em paz, meu irmão.

Gorham apenas acenou para ele.

Sir Hilton montou em seu cavalo e voltou a Trevo Dourado enquanto Sir Hart e Gorham ficaram na enseada escondida. O dia seguinte seria decisivo para o futuro de seu querido vilarejo.

No início da manhã, tudo parecia normal na praça. No entanto, a partir das 11h30, certa movimentação começou. Pessoas andavam em direção ao palácio. Homens, mulheres e crianças. Alguns com cabos de vassouras e barras de ferro, outros sem nada. Era claro que o clima estava ficando mais pesado e podia-se ver perto de um terço do Exército se reunindo em frente aos portões do palácio. Quinze minutos se passaram e Hornsby se colocou em frente ao povo e gritou:

— Vocês todos sabem por que estamos aqui! Descobrimos que nosso próprio rei é um farsante pagão e precisamos fazer algo sobre isso. Vamos invadir esse palácio!

E metade da multidão:

— Isso!

Quando o rugido diminuiu, Luscious começou a falar:

— Não! Eu não faria isso se fosse vocês. A reputação de nosso rei está intacta. Ele e vocês estão sendo vítimas de uma farsa engendrada pelo cardeal e seu Conselho. Nosso Exército descobriu a trama!

E a outra metade da multidão:

— Isso!

— O Exército? — rebateu Hornsby. — Nosso Exército é tão pagão quanto o rei. O demônio definitivamente penetrou nesse local sagrado. Aquele que achávamos que era nosso herói é, neste exato momento, procurado por adorar a Águia Púrpura.

Concomitante a essa declaração, o som de cascos galopando foi ouvido no portão principal do vilarejo. Todos se viraram para olhar fixamente. Através da entrada, apareceram Sir Hart montado em um lindo garanhão preto levando Gorham na garupa. A multidão emudeceu na praça.

Enquanto tudo isso acontecia, um dos tenentes do Exército já havia trancado o Rei Ripley em seu quarto com ordens para que ele não saísse até que Sir Hilton dissesse que era seguro. Outro terço das tropas havia entrado no palácio pelos fundos e isolado o Conselho em seu gabinete.

Dentro da igreja, o último terço dos pelotões, liderado por Sir Hilton, havia entrado. O cardeal Chartres estava ajoelhado em frente a um grande crucifixo no altar quando ouviu o barulho à porta. Rapidamente, levantou-se e foi em direção a eles, gritando:

— Em nome de Deus Todo-Poderoso, o que acham que estão fazendo?

— Acabando com seu pequeno golpe, Sua Eminência — respondeu Sir Hilton, calmamente.

— Chegou com muito atraso, Hilton. Aqueles soldados lá fora não conseguirão controlar metade do povo. Invadirão o palácio. E se a outra metade tentar impedir, teremos um derramamento de sangue como nunca houve neste vilarejo. E esse sangue estará em suas mãos.

— Não farão nada disso porque estarão paralisados.

— Como assim paralisados?

— Gorham.

— Gorham está morto.

— Está? Veja por si mesmo.

Hilton pediu aos seus soldados que abrissem caminho para o cardeal sair.

Ao sair, o cardeal viu, à esquerda do palácio, metade das pessoas armadas, tentando se mexer e não conseguindo. À direita, a outra metade, perplexa, olhava para cima, na direção de um cavaleiro em sua montaria com um ancião junto a ele. Reconheceu ambos imediatamente, mas isso não o afetou nem um pouco.

— O.k. — disse com desprezo. — Muito bom! Mas isso não lhe trará nada de positivo. Quanto tempo pretende mantê-los paralisados? — falava diretamente com Hart agora. — O que fará quando ficarem livres do feitiço? Vai me matar, vai matar todas essas pessoas inocentes e o Conselho e vai viver feliz para sempre em seu pequeno vilarejo pagão? Você sequer tem a coragem para fazer algo assim.

— Não, eu não tenho. Diferentemente de você, Chartres, não sou um maldito desumano. Há pessoas entre aquelas que estão paralisadas que tenho certeza de que ainda me verão como um herege, quando tudo isso acabar. Eu não ligo. Deve-se permitir que elas tenham sua própria opinião sobre mim e até sobre você. O que não se pode fazer é enganá-las. E é isso que você e seu pequeno conselho de víboras estão fazendo desde a perseguição aos integrantes da Águia Púrpura. Vocês os iludiram, fazendo-os crer que somos um bando de pagãos adoradores do demônio. E, para minha grande vergonha, ajudei vocês, porque não tinha escolha. Por ironia, a chance de vingar a todos veio quando aconteceu o incidente na loja de queijos.

— Eu o desafio a falar para esse tal mágico quebrar o feitiço. Assim que ele o fizer, não conseguirá controlá-los! — gritou o cardeal em total desespero.

— Falarei, mas vamos com calma — e se virou para as pessoas paralisadas. — Ouçam bem, todos vocês. O Exército e eu somos as mesmas pessoas que salvaram vocês de todos os nossos inimigos durante as Três Guerras. Acham mesmo que eu faria qualquer coisa que colocasse vocês em perigo? A Águia Púrpura é só outra maneira de pensar. Podem discordar dela e até odiá-la, mas não deveria ser razão para perseguição e queimas na fogueira.

Percebeu que suas palavras estavam sendo ouvidas e sentidas, mas, olhando as expressões à sua frente, também notou que precisava de algo a mais. Fez um gesto com a mão e todos os soldados do Exército deixaram seus postos na frente do palácio e da igreja. Desceu de seu cavalo, ficou em frente a seus ex-comandados, colocou a mão em seu coração e começou a cantar o hino de guerra, seguido em uníssono por eles:

Empunhando nossas espadas
Cavalgando com destemor
Encarando nossos inimigos
Trevo Dourado brilha com fulgor
Nada nos impedirá
Nosso coração bate unido
Por nosso rei lutaremos
Até o inimigo ser vencido

Ao final da primeira estrofe e início da segunda, metade das pessoas à direita cantava juntas com toda força, com lágrimas nos olhos, enquanto a outra metade tentava inutilmente largar suas armas e colocar a mão sobre o coração. Quando o hino acabou, Sir Hart virou-se para Gorham e disse:

— Retire o feitiço.

Com um movimento de sua mão, o mágico permitiu que todos se mexessem. Então, como Hart havia previsto, todos, sem exceção, depuseram seus armamentos. Sua alma e coração foram tocados, todas as memórias de como resistiram — enquanto aquele Exército e aquele líder lutavam por eles — voltaram com a força de uma inundação. Até mesmo Hornsby, agora, abaixava a cabeça.

Sentindo que a vitória estava garantida, Hart deu a ordem para que alguém do Exército entrasse no palácio, destrancasse os aposentos do rei e o deixasse sair para falar com seu povo. O restante das tropas já havia capturado o cardeal, os padres e todos os integrantes do Conselho.

Sir Hart, mais uma vez, se dirigiu ao povo:

— Vocês foram vítimas desses que agora estão presos e deverão receber um julgamento justo para responder por seus crimes. Foram levados a acreditar em mentiras, enquanto eles tramavam para derrubar nosso rei. Mas não podiam fazer isso comigo por perto. Logo, quando a Águia Púrpura caiu do meu bolso, tiveram a chance de acabar com a minha vida e seguir com o plano deles. Mas eu não só escapei como, com a ajuda de meus queridos amigos Hilton e Gorham e do nosso Exército sempre fiel, consegui voltar, frustrá-los e, finalmente, fazê-los encarar a justiça por todos os crimes que cometeram não apenas contra pessoas inocentes de nosso vilarejo, mas contra a humanidade. Hoje, iniciamos um novo tempo em Trevo Dourado: um tempo de amor, respeito, tolerância e paz entre nós.

Silêncio. Os portões do palácio se abriram e o Rei Ripley apareceu.

— Povo de Trevo Dourado — ele falou em voz alta e forte —, não tenho muito a dizer além do que o nosso comandante já lhes disse. Estou ordenando que os conspiradores sejam presos nas torres e, no devido tempo, enfrentarão um julgamento justo. Mas agora precisamos celebrar o golpe que foi evitado e o restabelecimento da harmonia em nosso vilarejo. Vamos montar uma fogueira na praça, mas desta vez não para queimar alguém, mas para fazer comida e acender fogos de artifício. Nosso palácio fornecerá tudo a vocês, incluindo barris de cerveja. É hora de festejar!

Agora, a multidão inteira teve uma reação semelhante a uma erupção, de onde jorrava alegria, enquanto o cardeal Chartres e todos do seu grupo eram levados para a prisão.

Ripley, Hilton e Gorham foram até onde Hart estava. O cavaleiro valoroso ajoelhou-se e ordenou que o outro cavaleiro e o mágico fizessem o mesmo.

— Levantem-se. Os três. Na verdade, devo-lhes uma desculpa. Deveria ter percebido o que estava por trás de tudo, desde as perseguições à Águia Púrpura.

— Não nos deve nada, Sua Alteza. Suas mãos estavam atadas naquele momento. Nem mesmo eu tive escolha. Tive de prender grandes amigos também — disse um sincero Hart.

— De qualquer modo, obrigado a todos. Agora, se me dão licença, tenho uma festa para organizar.

Ele saiu, os três sorriram e outra era estava prestes a despontar em Trevo Dourado.

Carlo Antico
Quarta-feira, 10/01/2018, 16h43

E ESTE QUASE NÃO ENTROU...

UMA HISTÓRIA DOS TEMPOS DE GUERRA

— Vovô, você pode me contar uma história? — o pequenino Gary Mercer perguntou a Harold Mercer, sentado em uma poltrona de couro ao lado da cadeira de balanço do avô. Era 1981 e Gary tinha 6 anos de idade. Seu pai, Henry Mercer, era um narrador esportivo muito bem-sucedido por todo o Estado do Kentucky, e Gary era absolutamente apaixonado pelo vovô Harry.

— É claro que eu conto uma história a você. Que tipo de história quer ouvir? — perguntou Harold, olhando para o neto de um modo que dizia: "Eu sei exatamente o que você quer dizer".

— A história sobre quando você estava no mar a bordo de um navio com aviões e precisou pular de paraquedas.

— Hahaha... Eu já não te contei essa? Não cansou de ouvi-la?

O pequeno Gary estava enfeitiçado e balançou a cabeça de maneira rápida negativamente e com intensidade, como se qualquer coisa menos do que isso fosse fazer seu avô mudar de ideia. O boné dos Wildcats quase caiu de sua cabeça.

— O.k. Talvez agora eu me lembre de mais alguns detalhes que possam ter me escapado das outras vezes. Além do mais, quem eu vou enganar? Foi perigoso e assustador, mas estou vivo, e cada vez que me lembro disso eu me sinto ainda mais vivo. Sim, senti emoção e medo que valem por uma vida inteira. Estávamos empolgados por lutarmos por nosso país, e amedrontados, pois podíamos morrer a qualquer minuto. Mas éramos um grupo muito fechado, realmente como irmãos, e essa união foi o que nos deu força e coragem para encarar os medos. Eu era apenas um garoto à época e nossa família vivia em Shelbyville. Só fomos para Frankfort anos depois. Tinha 19 anos e o verão de 1940 estava acabando. No outono, nosso governo começou a fazer pela primeira vez a seleção para o exército e eu, como garoto aventureiro que era, achei que seria uma boa ideia me juntar às Forças Armadas. Todos sabiam dos problemas que aconteciam na Europa, por meio dos jornais e dos noticiários radiofônicos, e achávamos que talvez o povo precisasse de nós por lá, era para isso que nos preparávamos. Ninguém poderia prever o que acabou acontecendo mais de um ano depois.

Seu filho Henry acabava de chegar e pegou Gary em seus braços. Ele ouvira qual parte da história Henry estava contando e, de supetão, fez a pergunta, sorrindo ternamente:

— E o que aconteceu, vovô?

— Olá, filho, que bom ver você. Ele me pediu para lhe contar a história de quando eu estava em um navio.

— Já percebi. Ele adora essa história e eu estou cansado. Ouvir um pouco dessa narrativa vai me fazer bem. Já faz um tempo desde a última vez que a ouvi. Então, o que aconteceu, papai?

— É claro que você sabe o que aconteceu. Os japoneses atacaram Pearl Harbor em 7 de dezembro de 1941, data que ficou conhecida como "um dia que viverá na infâmia" nas palavras do presidente Roosevelt. Ficamos tão chocados como qualquer um por todo o país. Imediatamente achamos que chegara a hora de entrar em ação e pensamos que estivéssemos prontos para isso.

— Vocês não tinham certeza, pai?

— Bom, quando eu digo nós pensamos é porque, quando a ação acontece mesmo, você não tem como evitar ficar com medo. Quando está em treinamento, acha que será corajoso e encarará as bombas e os tiros, como no cinema. Mas quando começa de verdade e vê que é real... Não deixe os filmes te enganarem, todo mundo fica com muito medo. Significa que você pode morrer mesmo e pode ser que nunca mais veja seus amigos, namorada ou família. Aliás, tinha começado a namorar sua mãe na época. Mas estou fugindo da história que Gary queria ouvir. Vamos voltar a ela.

Gary apenas olhava absorto para seu vovô herói.

— Naquele momento, os japoneses também estavam massacrando os chineses, incluindo mulheres e crianças, e sua Força Aérea era invencível. Nosso país sabia que devíamos retaliar por Pearl Harbor, mas ainda não tínhamos ideia como. Daí, começamos a receber notícias sobre os Flying Tigers. Que engraçado, acho que nunca havia lhe contado isso, havia, Gary?

— Não, mas eu adoro tigres e adoraria ainda mais se fossem do tipo voador. Nunca achei que isso existisse — disse Gary, surpreso e empolgado ao mesmo tempo.

— Hahaha… Não, esses não eram tigres de verdade. Esse era o nome dado a americanos ousados e corajosos lutando contra os japoneses na China. Eles estavam em menor número, mas conseguiram algumas vitórias e provaram que uma Força Aérea em número inferior, mas bem treinada, bem equipada e determinada poderia mesmo causar danos aos japoneses. Eu consigo me lembrar claramente de conversarmos entre nós sobre como eles deveriam nos inspirar e esperávamos que acontecesse o mesmo com nossos comandantes.

— E eles se inspiraram mesmo, né? — perguntou Henry.

— Sim, foi o que os levou a começar a planejar um ataque, não apenas aos alvos militares japoneses no mar, mas no continente também. Apesar de que, naquele momento, isso só passava pela cabeça deles. Nós não fazíamos ideia.

— Eu já ouvi você contando essa história muitas vezes, mas nunca perguntei isso: ninguém pensou em atacar vindo do Alasca? Não seria mais difícil para eles notarem vocês chegando? — perguntou Henry, com seu garotinho agora no colo.

— Acho que seria, mas, pelo que ficamos sabendo depois, o caminho era muito longo. Se viéssemos do Alasca, teria de ser com os B-24 e eles não aguentariam um trajeto tão grande. Assim, essa possibilidade foi descartada de início.

— Então foi por isso que os porta-aviões tinham de ficar dentro de uma distância mínima para bombardear o Japão. Dessa maneira, se resolveria o problema da distância.

— Exato. E essa ideia veio do almirante Emmett J. King, chefe da Marinha dos EUA. Mas a situação era tão complexa que tínhamos outro problema com o qual lidar. Não podíamos usar nossos bombardeiros B-17 porque precisavam de muito espaço para poder decolar. Precisávamos de outro tipo de aeronave e, Deus abençoe o almirante King por sua ideia abençoada, ele pensou nos Mitchell B-25.

— E é aí que você entra na história, certo?

— Sim, eu era parte das tripulações da Mitchell Strike Force. Estávamos reunidos em Englin Field, na Flórida, no dia 24 de março, para treinar sob a tutela do tenente James H. Doolittle.

— O Doolitle falava com animais? — perguntou Gary, com toda a sua ingenuidade infantil.

O vovô Harry riu.

— Não, mas era um líder e tanto e era chamado de "Um temerário inteligente" e "Um gênio para riscos calculados". E todos na nossa família deveriam agradecer-lhe bastante porque ele é a razão de o vovô estar falando com vocês agora. A escolha dele, no calor da batalha, salvou minha vida. Mas estou indo mais rápido que a própria história, nesse ponto ainda estávamos treinando.

Henry havia saído da sala e voltava com uma lata de Coca-Cola para ele, um copo de suco de laranja para o filho e uma grande xícara de café para o seu pai.

— Como foram esses treinos? — ele perguntou.

— Basicamente, bombardear e decolar a aeronave numa faixa com apenas cento e cinquenta metros de comprimento, porque esse era o espaço que teríamos nos porta-aviões. E o incrível é: tínhamos menos de um mês para treinar até o dia da missão.

— Vocês sabiam qual era a missão naquele momento?

— Não, quer dizer, muitos de nós tínhamos pouca noção da natureza da missão e foi aí que Doolittle foi essencial. Ele nos imbuiu da crença de que estávamos sendo preparados para desferir um golpe importante, que viraria a maré de derrota no Pacífico, onde os japoneses nos massacravam naquele instante. Tinha uma crença quase cega em si mesmo e em todos nós. Era impossível não ficar empolgado e confiante com ele.

— O quanto a operação era secreta nesse ponto? — Henry estava mais animado que Gary nesse momento. Seu pai realmente parecia se lembrar de detalhes que lhe haviam escapado das outras vezes que contara a história.

— Continuava *top secret*, apesar de haver dez mil pessoas envolvidas em preparar a operação. Enfim, em abril nós fomos de avião da Flórida para a Califórnia. Apesar de vinte e quatro B-25 terem treinado, apenas dezesseis estavam no USS Hornet que sairia de São Francisco e se encontraria com o Enterprise, o outro porta-aviões, no mar. Uma coisa interessante sobre os aviões é que eles foram esvaziados de todo o armamento de defesa, para aumentar o alcance do voo, e, como eram grandes demais para serem guardados no compartimento de carga, foram amarrados ao convés do porta-aviões.

— Enterprise? O vovô foi para o espaço? O capitão Kirk estava lá? — exclamou um alegre Gary.

— Ele acabou de começar a assistir *Jornada nas estrelas* — Henry justificou a reação do filho, enquanto acariciava seu cabelo e bebia Coca-Cola.

O avô deu uma risada gostosa de avós.

— Não, mas tenha certeza de que a sua Enterprise teve o nome inspirado nesse porta-aviões. Seu comandante era o almirante William "Bull" Halsey. E, meus amigos, como nós sofremos o caminho inteiro até nos encontrarmos com eles e mesmo depois... E ainda não eram os japoneses, mas os mares estavam revoltos.

Ele levantou seu neto — que já sorria, porque sabia o que estava para acontecer —, colocou-o em seu próprio colo e começou a balançar a cadeira sem parar enquanto chacoalhava o garoto em suas mãos.

— Era assim que nos sentíamos dentro do Hornet e tenho certeza de que aqueles a bordo do Enterprise também. E isso durou algumas horas.

Gary ria muito, ele adorava essa parte da história, em que seu avô o balançava e sacudia; sentia-se enlevado e sabia que havia mais por vir.

— E toda essa agitação parou em algum momento? — perguntou Henry.

— Acabou diminuindo, mas nunca parou completamente. Estava mais leve quando nossa força-tarefa estava a uns oitocentos quilômetros do Japão, no dia 13 de abril.

— E se minha memória do que você conta não está me traindo, foi só nesse momento que Doolittle lhes contou sobre a missão, certo?

— Vinte e quatro horas após sairmos de São Francisco, para ser mais preciso. Disse que nosso alvo principal seria Tóquio, mas alguns B-25 voariam sozinhos para bombardear Nagoya, Osaka e Kobe. No dia seguinte, deveríamos voar até a China e aterrissar no litoral deles.

— E deveriam obliterar esses lugares com apenas um bombardeio?

— Sim, o máximo que pudéssemos, mas com uma ressalva: não deveríamos bombardear o palácio do imperador Hirohito.

— Sim, eu me lembro de quando você me contou sobre isso. Eu nunca entendi direito, para falar a verdade. Se eles achavam que suas terras eram inatingíveis, imagine o que pensavam sobre a residência do imperador deles? Seria um golpe tão forte que poderia acabar com a guerra já naquele momento.

— Exatamente o contrário, meu garoto. Fortaleceria a moral deles, que não temeriam mais nada se isso acontecesse e se tornariam ainda mais perigosos. Seria como se não tivessem nada a perder. E um combatente com nada a perder é o tipo mais perigoso. Na verdade, foi bem inteligente da parte de nossos comandantes exigirem que não bombardeássemos lá. Do jeito que fizemos, eles se assustaram e isso foi o suficiente.

Ele olhou para o pequeno Gary em seu colo:

— *Yunxu jiàgluò*. Seu neto ficou intrigado, mas riu com a frase esquisita que seu avô havia proferido.

— O quê? — o garotinho perguntou.

— Ah, isso é "permissão para pousar" em chinês. Todas as tripulações tinham que aprender o chinês básico em caso de uma aterrissagem forçada ou uma fuga voando sobre a China. É incrível que eu ainda me lembre após todos esses anos. Eu sabia algumas outras frases, mas esqueci. Que língua difícil, meu Deus...

— Havia alguém com medo de que os japoneses pudessem, de alguma maneira, descobrir sobre o ataque? — Henry perguntou bastante interessado.

— Isso nunca nos passou pela cabeça, só esperávamos para entrar em ação. Mas ficamos abalados quando, dois dias antes do ataque, descobrimos que os japoneses estavam zombando de uma notícia falsa que dizia que os americanos haviam bombardeado Tóquio. Mas Doolittle estava tão determinado que virou isso a nosso favor. Não sei onde ou como, mas ele arrumou umas medalhas japonesas que haviam sido dadas a americanos...

— Quais medalhas?

— Só Deus sabe! A única coisa que sei é que haviam sido dadas a americanos antes da guerra, mas não tenho a menor ideia do porquê. Enfim, ele realizou uma cerimônia para amarrar essas medalhas a uma das bombas que seriam jogadas em Tóquio — Harry começou a sorrir.

— Vovô, você estava com medo?

— É claro que sim. Todo mundo estava. Como eu disse no início, você começa a perceber que vai entrar em uma situação de vida ou morte sem ter ideia sobre o desfecho. Tem medo, mas faz o que tem de fazer através do medo. É um trabalho difícil, mas alguém tem de fazê-lo. E nossos medos aumentaram ainda mais quando soubemos que o radar do Enterprise havia localizado duas embarcações japonesas a doze milhas de distância no amanhecer do dia do ataque, 18 de abril.

— Isso deve ter sido assustador — disse Henry.

— É claro, porque uma das nossas maiores vantagens nessa missão era o fator surpresa e, de repente, isso também não existia mais. Nossa programação foi atrapalhada e, para piorar as coisas, outros dois navios japoneses foram avistados perto de nós. Dessa vez, Hasley não hesitou — como qualquer grande líder em tempos de guerra deve fazer — e mandou que as embarcações fossem afundadas. Depois — já que não havia mais surpresa —, ele ordenou ataque imediato, apesar de estarmos a duzentos e quarenta quilômetros do lugar planejado anteriormente.

— Eu não me lembro de você mencionar isso das outras vezes que contou a história, pai. Algo deve estar estimulando a sua memória, o que é ótimo. Mas, de volta aos acontecimentos, qual era a consequência prática de decolar duzentos e quarenta quilômetros mais longe?

— Não sei o que está acontecendo com a minha memória, mas me sinto ótimo! Enfim, o problema da distância era o combustível. Tudo foi calculado com o máximo de precisão possível, incluindo a quantidade. Ter de viajar uma distância maior poderia fazer os Mitchells ficarem com os tanques vazios.

— Ah, sim, claro, foi uma pergunta meio idiota. Mas o senhor ainda não nos contou qual era o plano.

Gary ainda estava enfeitiçado, com os olhos e a atenção fixos, sentado no colo de seu avô.

— Bem, quem estava com Doolittle deveria voar primeiro, de acordo com a programação, chegando a Tóquio ao entardecer. As primeiras bombas incendiárias guiariam nossos companheiros não apenas até Tóquio, mas possibilitariam que eles enxergassem a costa chinesa de Don, onde havia alguns campos de pouso.

— Não parece tão perigoso, vovô — disse um agora inquisitivo Gary.

— Ah, talvez não soe tão perigoso agora, rapazinho, mas ali, naquela hora, o que eu sentia não era um friozinho na barriga, mas, sim, como se todo o meu estômago tivesse virado um iglu. Não sabíamos se iria funcionar e o quanto os japoneses haviam descoberto.

O pequeno Gary riu com a menção ao iglu.

— Se estou me lembrando bem das outras vezes em que contou a história, nem mesmo decolar dos porta-aviões foi tranquilo — disse Henry.

— De jeito nenhum! As condições do tempo pioravam e era difícil decolar e se estabilizar. O Hornet lutava com mares bravios. Mesmo assim, às 7h15 da manhã no horário local, Doolittle começou a manobrar para decolagem. Conseguiu decolar e sofreu um pouco com a turbulência.

Os outros quinze o seguiram e conseguiram estabilidade pós-decolagem, exceto um.

— Dessa parte eu me lembro — disse um empolgado Gary. — É a parte em que o cara perde o braço!

— Pois é. Incrível como crianças se lembram de tragédias e detalhes sangrentos mais do que qualquer coisa. Estávamos voando, então eu não vi acontecer, só ficamos sabendo depois. Quando o último dos Mitchells se aprontava para decolar, um dos integrantes da tripulação escorregou no convés e teve o braço amputado pela hélice do avião. Ainda assim, mesmo balançando um pouco, o avião conseguiu sair do convés. Infelizmente, nunca soubemos quem ele era ou se sobreviveu. É horrível como esse tipo de coisa funciona em uma guerra. Aqueles de nós que continuaram vivos estavam tão aliviados que nem corremos atrás para ficar sabendo sobre o acidente. Acho isso terrível, mas talvez seja apenas humano — os olhos de Harry se encheram de lágrimas.

— Não chore, vovô, eu não gosto quando você fica triste, especialmente quando estamos chegando perto da parte em que você mata os bandidos.

— O.k., o.k., mas estou lembrando muito mais desta vez, logo as emoções vêm à tona com mais intensidade. Mas vamos em frente, você está certo, Gary, a melhor parte está próxima.

— Pai, eu queria te perguntar isso desde a primeira vez que ouvi essa história: depois daquelas duas embarcações e das outras duas que Halsey mandou afundar, os japoneses não estavam esperando um ataque? Porque eles deviam saber que algo estava para acontecer ali nos arredores. Como foi possível voar o caminho todo até o espaço aéreo japonês sem serem incomodados?

— Eu não sei, e na verdade é bem interessante porque, ao meio-dia, estávamos voando sobre algumas fazendas japonesas. Dava para ver que os fazendeiros viam nossos aviões, mas pareciam não se importar. Porém, a coisa mais bizarra foi que um avião japonês passou por um Mitchell e dentro dele estava o primeiro-ministro do Japão, Hideki Tojo, indo para uma base aérea. Eu não sei se ele não tinha os meios para avisar em terra ou se simplesmente não notou os Mitchells, mas o fato é que, a partir de 12h30, começamos a bombardear Tóquio.

— Boom, boom, boom, o vovô bombardeou os bandidos, você ganhou, vovô! — Gary celebrava tanto no colo de seu avô que pulou dele para o chão.

— Sim, sim! Bem, não só eu. Foi um grande trabalho em equipe, mas o bombardeio não acabou com nossos problemas.

— Eles começaram a contra-atacar? — perguntou Henry.

— Bom, nós sabíamos que aconteceria e estávamos prontos para isso, o tanto quanto você pode estar pronto para algo assim. O maior problema foi o que contei a vocês: combustível. Começamos a ficar sem, porque a rota programada era muito mais curta e os Mitchells não conseguiriam voltar para os porta-aviões. E, para piorar as coisas, estávamos no meio de uma tempestade brutal. O avião balançava tanto que parecia que ia cair a qualquer momento.

— E o que fez, vovô? — Gary olhava do chão para seu avô sem piscar.

— Bem, só restavam duas opções: pouso forçado em terras chinesas, controladas pelos japoneses, ou fugir e tentar pousar em um local seguro na China. Porém, mais tarde ficamos sabendo que uma tripulação escolheu outra opção: voaram para Vladivostok, na fronteira russa, e lá foram capturados pelos russos. Daí, Deus sabe como, depois de catorze meses, eles conseguiram chegar ao Irã e voltaram para casa. Alguém devia pesquisar essa história, renderia um bom filme. Eles não apenas escaparam como fizeram isso por um lugar bem distante de onde estavam originalmente. Adoraria saber como.

— Por que os russos os aprisionaram? Eles não estavam enfrentando o Eixo também? — perguntou Henry, intrigado.

— Nessa época, eles haviam declarado neutralidade com relação ao Japão, o que estava prestes a mudar. Mas estou divagando, voltemos ao que aconteceu com o resto de nós. Oito aviões pousaram em uma parte da China controlada pelos japoneses. As tripulações foram capturadas e executadas.

— Vovô, todos os japoneses são maus?

— Não, não. Quer dizer, naquela época havia alguns que eram bem cruéis, mas você não pode deixar as falhas de caráter de alguns atrapalharem sua visão de todo um povo. Tanto é que um comandante japonês chamado Mitsuo Fuchida, que comandou o porta-aviões da Força Aérea que atacou Pearl Harbor, muitos anos depois, após sobreviver à batalha do Midway, se converteu ao cristianismo, virou ministro protestante e um cidadão americano. Nem mesmo ele foi considerado totalmente mau, apenas seguia ordens de alguns lunáticos.

— Você está brincando? — perguntou Henry, surpreso. — Nunca ouvi falar disso. Tem certeza? Isso me soa um pouco bizarro, para falar a verdade.

— E é. Mas aconteceu mesmo e eu posso dar alguns nomes de pessoas para quem você pode ligar e confirmar a história.

— Não precisa, é óbvio que eu acredito em você.

— Vamos, vovô, quando é que você vai saltar de paraquedas? — Gary estava ficando impaciente.

— Certo. Por sorte daqueles que estavam seguindo Doolittle, ele optou por voar através das nuvens de tempestade o mais a oeste possível. Eram o avião dele e mais dez. Voamos e voamos e o combustível começou a acabar. — Ele parou e pegou o neto de novo. Saiu de sua cadeira de balanço, ergueu Gary pelas axilas, levantou-o o máximo que podia e o soltou rapidamente, pegou de novo e o balançou de um lado para outro. — Pulamos de paraquedas e, por sorte, caímos em um campo de arroz, em um território controlado pelo presidente chinês, Chang Kai Shek.

— Changkaishek! Changkaishek! Hahahahahahaha... Que nome engraçado! — Gary ria enquanto continuava nos braços de seu avô herói.

Harry colocou-o no chão e Gary disse:

— Onde está sua medalha? Você ganhou uma medalha, não ganhou?

— Sim, ganhei, todos nós ganhamos. Não destruímos Tóquio, mas foi um grande golpe na autoconfiança deles e uma injeção de ânimo na nossa. Na verdade, foram as primeiras boas notícias que o povo do nosso país recebeu sobre a guerra. Minha medalha está em meu quarto. Eu já te mostrei uma vez e agora estou com preguiça de ir pegar.

— Isso mesmo. Ouviu a história que queria e, para falar a verdade, eu também gostei muito de ouvi-la de novo — disse Henry. — Agora deixe o vovô descansar.

Gary levantou-se, beijou as bochechas do avô e disse:

— Obrigado, eu adorei! E algum dia vou pedir a você que me conte de novo.

AGRADECIMENTOS

Em primeiro lugar, Daniel Pinsky, Pamela Oliveira, Larissa Robbi Ribeiro, Amanda Chagas, Denise Morgado Sargiorato, Marília Courbassier Paris e todos da Editora Labrador por colaborarem para que o livro fosse lançado.

Gabriela Kugelmeier, Lilian Cardoso e toda equipe da LC Comunicação pelo trabalho irretocável na divulgação e assessoria de imprensa.

Meu pai, Armando Antico Filho, e minha mãe, Milena Antico, por sempre me ajudarem e incentivarem. Minha mãe, como de costume, merece um agradecimento especial pelas duas revisões e as correções de erros de ortografia e sintaxe, além de ótimas sugestões nas histórias.

Claro, todo o resto da minha família merece um agradecimento, principalmente meus tios Marco Antônio Riccioppo e Marco Tulio Riccioppo pela arte da capa, Caio Lucio Riccioppo, que, graças a Deus, foi essencial para que eu me apaixonasse por *rock-and-roll* e Fúlvio Márcio Riccioppo (*in memoriam*).

Minha vontade de ser escritor começou bem cedo, aos 9 anos, quando resolvi ser jornalista. Porém, em decorrência de uma série de fatores, ela acabou escondida em algum canto da minha mente. Ela só retornou definitivamente quando comecei minhas sessões de psicanálise com a doutora Patrícia Matalani, a quem também preciso agradecer, por isso e muito mais.

Acredito ue são poucos os momentos em que sentimos que nossa vida muda por completo. A minha mudou quando fiz o curso de Tradução e Interpretação da Associação Alumni entre 2009 e 2011, e por isso sou extremamente grato não só à instituição, mas especificamente aos professores Ângela Levy, Jayme Pinto, Léa Tarcha e Chris Martorama.

Minha atividade profissional como jornalista deve muito a Ricardo Batalha, a quem considero o irmão mais velho que nunca tive. Nunca esquecerei a primeira oportunidade que me foi oferecida na revista *Roadie Crew*.

Ninguém chega a lugar nenhum sem apoio e incentivo, e poucas pessoas fizeram tanto isso por mim como meu amigo, irmão e parceiro Luciano Frazani durante os mais de dez anos de *Rock Forever*.

Como ficou evidente nas Notas do autor, minha maior inspiração é a música. E ninguém me inspira mais do que os Beatles. Por isso, inclusive, tenho um grupo de amigos apenas para falar deles, chamado "Fab 6". São seus integrantes: Norton Santos, Moisés Henrique, Rafael Bussi, Manoel Arantes e Robsley Gazzi Bento.

Escrever é algo delicioso para quem gosta, e tenho o prazer de conhecer pessoalmente duas pessoas que sentem o mesmo prazer que eu quando escrevem. Além disso, possuo o privilégio de poder chamá-los de amigos: a elogiada e respeitada poetisa, cronista e minha colega de turma na faculdade Mariana Ianelli e o escritor de contos Roger Lombardi. Torço para que nós três continuemos produzindo por um longo tempo.

Por último, mas com certeza não menos importantes, ótimas pessoas que contribuem para deixar minha vida ainda melhor: Renato, Flávia e Matteo Zomignani, João Paulo Martinelli, Rafael Drezza, Alan Ricardo, Kátia Timóteo e Fenris, Bruno Fornazza e Caroline Thaller, Eduardo e Aline Busanelli, Fernanda Von Zuben, Luís Felipe Chagas, Murilo Martins, Ricky Catz, Ivan Gottardo, Ricardo Benny e Marianne Facchine, Larissa, Ana Clara e Téo, Paula Facchine, Tatiana Gottardo, Mateus e Tomás, Vanessa Scarpa, Adriana Ruiz e James Viana, Anna Paula, Cezar e Luis "Kiko" Zara, Claudia Quezada e Miguel, Fernanda Miller e Isabela, Cláudia Christo, Ligia M. Apolonio, Daniela Gomes, Davi Chaim, Fernando Gebram, Leandro Mendes, Gustavo Checoli, Renato e Rafael Kalaf, Leandro Ligábó, André Panizza, Marcelo Pedreira e Renata Begnigna, Ricardo Panizza de Andrade, Guilherme Fehr, Rodrigo T. Gonçalves,

Arthur Marques, Fernando Linhares Pereira, Marcelo Bertolli, Carlos Eduardo Yarid, Vitor Brunholi, Vitão Bonesso, Marcel Fehr, Beto Baialuna e Daniele Dinazio, Luiz Carlos Vieira, Fernando Camargo e toda a turma de jornalismo da PUC-SP 2001, André Miranda, Luiz Porto, Nuno Gaiato, Renato Lorencini, André Monetti, Ronaldo Martins e família, Osvail Júnior, Carlos Chiaroni, Pepinho Macia, Virgínia Azambuja, Fábio Lima, Susana Komesu, Zaira Oliveira, João Paulo, Marco Antônio e Méia Mallagoli e Tatiana Grandini.

Esta obra foi composta em Minion Pro 11,6 pt e impressa em
papel Pólen soft 80 g/m² pela gráfica Meta.